불교문예 동인지 03

야단법석 3

불교문예

　유난히 추웠던 겨울이 지나고 산수유 꽃망울 터뜨리더니 개나리, 진달래, 목련, 라일락… 꽃들의 향연으로 그야말로 화사한 봄날입니다. 이때 불교문예작가회에서는 봉축 기념으로 동인지 『야단법석』 3집을 발간하게 되었습니다.

　전국 각 지역과 멀리 해외에서 보내주신 옥고를 받고 보니 회원들의 문학에 대한 뜨거운 열정을 읽을 수 있었습니다. 그리고 불교문예에 대한 변함없는 애정도 느낄 수 있었습니다

　참여한 여러분이 문인으로써 글을 통해 사유하고 세상의 상처를 쓰다듬으며, 글 쓰는 고통을 창작으로 환원시키기 바랍니다. 더 나아가 불교문학을 꽃피우길 바라며 진심으로 그 길에 격려와 찬사를 보냅니다.

　불기 2562년 『야단법석』 3집 출간을 위해 원고를 보내주신 회원들뿐만 아니라 서광사 주지 도신 스님과 불교문예를 아끼고 사랑해주시는 모든 분들께 감사의 인사를 드리며, 여러분의 건강과 문운이 함께하기를 빕니다.

2018년 봄날

불교문예작가회 회장 문혜관 합장

차례

서문

■ 시

▓ 동시

▓ 수필

▓ 소설

시

줄다리기 외 1편

강명수

초여름 밤 무논에서
개구리들이 목청껏 줄다리기를 하고 있다

소리로 엮은 새끼줄이 팽팽하다

갑자기 왼쪽 논 개구리들의 환호성
소리 폭죽을 터뜨린다

방금
오른쪽 논의 개구리 소리줄이 왼쪽으로 기울었나보다

배추벌레

밤새 별을 따다 배추 치마폭에 장식을 했나보다
밤의 손가락이 늘어갈수록
우주의 원을 더 많이 조각해낸다
직선을 내지 않고 만드는 둥근 마음
도대체 이 공空판화를 만드는
조각가가 누구인지 궁금하다
얼마나 작업에 몰두하였는지
제 몸도 푸르게 물들어가는 줄도 모른다
배추 잎과 일심동체가 되어
삶의 흔적을 열심히 통찰해내는
저! 워커홀릭
밤하늘별의 숫자만큼이나
뭔가를 재개발해낸다
먹고 버리는 쓰레기로 몸살을
앓는 지구의 몸이 안쓰러운지
이 미물은 삭아질 흔적만을 남긴다
속내를 비워내고 비워내서
저 광대무변 허공을 집삼아 살아가는
또 다른 마하보리

바람소리

빗방울소리

낙엽 부벼대는 소리

새들이 발자국 소리까지도

훤히 들릴 수 있도록

스스로를 가두는 집을 짓지 아니한다

마치 마음의 눈을 활짝 열어놓은 것처럼

길 외 1편
— 사랑의 지도

고영섭

눈앞에 셀 수 없이 널린 길들도
내 정작 마음먹고 나가려 할 땐
너 댓 길 서너 길 두어 길 되다
한 길로 줄어들기 마련이듯이

지상에서 제일로 부지런한 건
나의 손과 또 나의 발이라지만
머리에서 가슴으로 못 옮기고선
가슴에서 발끝으로 못 이르고선

세상에서 제일로 머나먼 길은
머리에서 발끝까지 나아가는 길
발끝에서 온몸으로 못 나가고선
마지막엔 자기조차 못 버리고선

눈앞에 널려 있는 길들 중에서
마음 둘 수 있는 길은 어디에 있나
지상 위에 남겨진 오직 한 길은
내 온 몸을 던져서 열어가는 길.

벚꽃 사리

겨우내 풍찬노숙風餐露宿 이겨내면서

무쇠 씹는 마음으로 들었던 화두

맛이 없는 참맛을 음미하면서

거세게 몰아치던 내면 속의 힘

화두 그 끝자락의 벼랑 끝에서

천지간에 터트린 벚꽃 화엄경

그 끝에서 솟아오른 버찌 사리들

나는 오늘 벚꽃 터널 속을 걸으며

떨어지는 꽃잎 뒤의 선경禪經을 보네

꽃잎 너머 올라오는 새싹을 보네.

칼라차크라, 소행성 M 외 1편

권현수

시간의 시작을 물고

시간의 끝도 짊어지고

길 없는 길을 따라

오늘을 간다

허허공공이다.

붉은 바다거북의 꿈

내가 바다거북이었던 한生이 있었네
방금 태어나 미처 다 붉히지 못한
붉은 바다거북이었네
장자는 꿈속에서 나비가 되어 하늘을 날았다는데
나는 보이지 않는 바다가 부르는 소리에 이끌려
험한 모래벌판을 벌벌벌 기어가고 있었네
채 여물지 못한 뱃살이 터지고
짧은 네다리 뼈마디가 물러 내리고 있었네
가자 가자 어서 가자
저 바다로 어서 가자
부르는 소리는 내 귓가에 난장을 치는데
참수리 수십 마리 하늘을 가리며 나를 노리고 있었네
갈고리 같은 저 발톱보다 당연히 내가 먼저
저 바다를 보아야 하였네
가자 가자 어서 가자
저 바다로 어서 가자
그러나 나는
결국 그 바다를 보지 못하였네
참수리 놈의 발톱이 기어코

내 옆구리를 파고들었기 때문이었네

붉게 핏발 선 내 뱃살이 제법쓰린 날 새벽
꿈이었네.

오월의 숲에 들면 외 1편

김금용

어지러워라
신기가 넘쳐 눈과 귀가 시끄러운
오월의 숲엘 들어서면

까치발로 뛰어다니는 딱따구리 아기 새들
까르르 뒤로 넘어지는 여린 버드나무 잎새들
얕은 바람결에도 어지러운 듯
어깨로 목덜미로 쓰러지는 산딸나무 꽃잎들

수다스러워라
한데 어울려 사는 법을
막 터득한 오월의 숲엘 들어서면

물기 떨어지는 햇살 발장단에 맞춰
막 씻은 하얀 발뒤꿈치로 자박자박 내려가는 냇물
도너츠 모양으로 똬리를 튼 도롱뇽 알더미들
시침 떼고 물웅덩이마다 누운
하얀 아카시 찔레 조팝꽃 이팝꽃 무더기들
찾아오는 후손 없는 잊혀진 무덤들조차

오랑캐꽃과 아기똥풀 할미꽃 더미에 쌓여
제 그림자 푸르게 키워가는 오월의 숲

몽롱하여라
구름밭을 뒹굴다 둥근 얼굴이 되는
오월의 숲엘 들어서면

산음山陰을 지나며

산 그림자 길어
잔설이 발목을 잡는 산음山陰마을
빠져나가는 길이 고되다
오죽하면 도연명의 출운出雲을 마을 어귀에 걸어놓고
지나는 이의 마음자락을 잡을까
아랫마을 동백은 모가지 채 떨어져
늦은 숲을 붉게 물들이는데
미련 많은 뻘밭 같은 흰 눈은
여전히 산음의 지붕과 길을 덮는다
더는 머물지 말자고 길을 나섰지만
바짝 쫓아오는 봄비
산길 돌아서기도 전에 길을 지워준다
해는 짧아
산새 날갯짓 소리도 멈춰 선 산음마을
봄비 앞세워 떠나가는 이와
돌아올 당신을 챙기는
산그늘 길게 굽은 산길이
참 더디고 깊다

21

추락한 靈魂 외 1편

김기화

거침없는 세상살이
그래서인가 나는
한 잔 술에 방랑하고 싶네

김립金笠 보다 더
추락한 영혼, 취하여
수미산 상투 틀어쥐고
너울너울 광대놀이 하고 싶네

여래如來 진노하는 날
영취산靈鷲山 춘란 소심처럼
그때 배시시 웃고 싶네.

미화원

싸 악 싸 아악
五慾七情을 쓴다

제 야윈 가슴에
어둠을 쓸어 담는다

어둠을 쓸어낸 자리
떠오른 샛별이 반짝인다.

도리사 연등아래 서서 외 1편

김명옥

아도화상 앞에 촛불공양 올리고
소원 많은 이승
소원 없게 해 달라고
두 손 모은다

금이 간 하늘에는
오색 소원들이
꼬리를 치며 흔들거리고
계단을 내려오는
발걸음도 덩달아 흔들거린다

당기면 될 걸
밀려고만 했던 여러 문들,
빗장 풀리는 소리 들려온다

떠도는 멍

꿈틀꿈틀 피었다
결국에는 만나야 할 사람들처럼
때로는 나도 모르게
털썩 주저앉기도 하는 멍꽃

얼마나 더 보채야
꽃술을 내 보일 수 있으려나
쐐기풀로 뜨개질 하는 밤
눈물 없이 철들 수 있나
푸릇푸릇 쑥빛이다가
보랏빛이다가
누릇누릇하게 번진다

외면하려다 안쓰러워
부스럭 거리며 일어나
덮어 버리는 멍꽃

내 손이 약손이다
내 손만이 약손이다

지중해의 눈동자 외 1편

김성희

문을 열면 햇볕
문을 열면 바람
문을 열면 신들의 미열이
보사노바 음악처럼 넘실대는
지중해는 꿈에 자주 나타난다

새하얀 달빛에 산란하는 신탁은
인간을 향해 열려 있는 가능성들을
신전기둥마다 창백한 몽유로 묶어놓았다

따뜻한 곳에 쓸쓸한 추억을 묻고 가는 어둠 속에서
그윽한 신의 눈동자 같은 올리브와
보랏빛 넝쿨로 옮아가는 포도의 매혹이
매독처럼 문명으로 상승하는 해수면

오십 년 동안
오백 년 동안
그 후로도 오랫동안
태양을 안고 춤춘 파도가 사라지는 동안

증발하는 파랑과 충돌하는 바람이
인사 없이 이별한지 오래된 소금사막

문을 닫으면 캄캄한 어둠
문을 닫으면 비릿한 옛사랑을
비추는 프시케의 등불이 지중해의 눈동자로 빛난다

가을의 묵서

한낮의 조도는 허공의 내면을 활짝 높이지만
도무지 읽을 수 없는 빛의 언어가 있습니다
알베르 까뮈가 실존했던 동안
우주의 내간체에서 태양은 암묵적 슬픔이기도 했습니다

상수리나무 숲 오래된 이파리들은
봉인된 비밀을 뜯듯 날짜 변경선에서
쓸모없는 마음을 떨굽니다
일찌감치 비워놓은 마음임에도
고독이 잊었던 약속처럼 들이칠 것입니다

연기도 없이 초록을 태우는 태양의 흑점에
우리 마음은 어쩔 수 없는 바깥입니다
오래됐지만 서투른 표정으로, 서툴지만
허무를 아는 나무들의 안팎을 여닫을 때마다
자기동일성의 물결을 일으키는 회상은 늘 푸릅니다

한낱 타인으로 출렁이던 풀벌레 울음소리는
등 뒤에 남은 그리운 빛깔을 그리워하며

이제 떠날 것의 앞모습을 지우려는
별빛은 일교차의 비애를 길게 발음합니다

북병산의 가을을 재촉하는 붉은 울음을
한 잎, 한 잎 듣는 동안 나는 태양에게
긴 편지를 쓰는 11월의 내면입니다

어머니의 교차로 외 1편

김수원

어머니의 교차로에는 신호등이 없다
굽은 등뼈처럼 횡단보도 흰 선이 흐려진
세월의 막바지에 닿아
한 발자국도 내딛고 설 곳이 없다
지팡이 끝으로 남은 생애에도
끝나지 않은 사랑으로
원망하는 마음은 없는데 앞이 보이지 않는다
자식들이 서로서로 떠미는
여섯 갈래로 갈라진 도로 위에서
짓무른 눈길로 갈 길 몰라 서성인다

지난 세월이 차의 속도로 스쳐간다
어린 피붙이의 끈으로 딸린
여섯 자식을 등에 업고 양손을 잡고
고된 세상길을 건널 때
두려울 것 없던 시절이 어른거린다
입에 맞지 않는 틀니처럼 어긋나기만 한
자식들의 광채를 내뿜는 눈빛으로
무섭게 달리는 차량들 앞에서 섬뜩하다

가로등은 무심히 딴전을 피우고
눈보라는 끊임없이
구순의 백발로 덮인 어머니의 머리위로 쌓여갔다
신호등이 없는 교차로 앞에서
막막히 바닥이 되는 시간들을 끌어 앉고
어머니는 망부석이 되어갔다.

연못 경전

파란 하늘을 품은 연못.
진흙 바닥에서 연꽃을 피워 올린다

연분홍빛 고요 속 개화.
눈부신 개안으로
눈에 낀 비늘이 맑은 눈물방울로 툭, 발등을 짓찧는다
꽃잎이 드넓은 여백을 활짝 펼친다

청동거울로 성찰의 속마음을 일깨워준 화두 속.
청 이끼 덮인 부도 속에서 고승의 얼굴로 환생한 듯

텅 빈 서쪽하늘의 노을빛 속으로
흘러가는 구름과 연꽃이
하늘 한자락 차지하지 않고 낙화한다

헤아릴 수 없는 깊이의
꽃잎 한 장 한 장에서 화엄경을 읽는다

산유화 외 1편

김소월

산에는 꽃 피네
꽃이 피네

갈 봄 여름 없이
꽃이 피네

산에 산에 피는 꽃은
저만치 혼자서 피어 있네

산에서 우는 작은 새여
꽃이 좋아 산에서 사노라네

산에는 꽃 지네
꽃이 지네

갈 봄 여름 없이
꽃이 지네

초혼

산산이 부서진 이름이여!
허공 중에 헤어진 이름이여!
불러도 주인 없는 이름이여!
부르다가 내가 죽을 이름이여!
심중에 남아 있는 말 한마디는
끝끝내 마저 하지 못하였구나
사랑하는 그 사람이여!
사랑하는 그 사람이여!
붉은 해는 서산마루에 걸리었다
사슴의 무리도 슬피 운다
떨어져 나가 앉은 산 위에서
나는 그대의 이름을 부르노라
설움에 겹도록 부르노라
부르는 소리는 비껴가지만
하늘과 땅 사이가 너무 넓구나
선 채로 이 자리에 돌이 되어도
부르다가 내가 죽을 이름이여!
사랑하던 그 사람이여!
사랑하던 그 사람이여!

바위미나리아재비 외 1편

김승기

바위미나리아재비를 본 적 있는가
구름미나리아재비와 꼭 닮았다
살고 있는 동네도 같다
마주칠 때마다 誤讀을 한다

바위틈에서만 볼 수 있을 거라 생각했는데
풀밭에서도 만난다
언뜻 봐선 알아보지 못하겠다
한순간 구름 끼었다가도 호방스럽게 바위바람 맞대고 선
진노랑 웃음소리
도무지 판단할 수 없다

구름인지 바위인지 判讀을 해야겠다고
벼르고 별러 찾아 오르는 윗세오름
이번엔 분명 헤아릴 수 있겠다 싶지만
맑은 하늘에도 늘 자주
구름 끼었다가 어느새 바람으로 흩어지는 한라산
매번 誤讀으로 헤매다 지쳐 그만
마지막 책장을 채 덮지 못하고

산을 내려온다

사람도 세상살이도 그렇다
저녁 잠자리에 들 때마다
내일은 맑을까 흐릴까 비가 올까
일기예보를 점치다 잠이 들고
아침 잠에서 깨며
오늘 하루는 누굴 만날까 무슨 일 맞닥뜨릴까
궁굴려보지만,
물결과 바람의 소용돌이 가늠할 수 없듯이

때론 예측했어도 느닷없이
마주치고 부딪쳐야 하는 계면쩍은 얼굴 황당한 일들
결국 誤讀으로 또 하루를 살았구나 싶어
붉어진 노을의 저녁 일기장을 한숨으로 덮는다

병아리난초 앞에서

병아리난초 앞에 멍하니 앉아 있다

몇 번을 찾아왔으나 더는 꽃 볼 수 없겠다는 생각
부서진 그리움이 땀방울로 흐른다

끝내 터뜨리지 못하고 땡볕에 녹아버린 꽃봉오리
몇 해를 더 기다려야 꽃 필까

계란을 남이 터뜨려주면 프라이감이 되지만
스스로 터뜨려야 병아리가 되듯,

꽃 한 송이 피우는 일도
자기껍질을 깨는 수행의 길

홀로 앉은 남한산성 검단산 벼랑 한가운데의 암벽
흙 한 톨 없이 뺀질뺀질한 바위틈에서
꽃송이 쉽게 피워 올린다면야
감히 환골탈태라 말할 수 없겠지

불두화 외 1편

김 연

저희들 끼리 끄덕끄덕 흔들 흔들

설악과 금강
능파교 개울물 소리에 염불을 담는다

불이문의 기둥 넷 소슬 대문을 거쳐
적멸보궁 뜨락에
가부좌 틀다

대굴대굴 저희들 끼리 머리 기대고

봉안한 부처님 진신사리가 어제 밤 환생 해
법당 안이 환했다고
아니 하필이면 그때 졸았냐고 화들짝

건봉사 부처님 머리꽃들
울화로 낯빛이 붉어진다

갈라파고스 울프화산의 거북이

고생대에 나 있을
무쇠솥 뚜껑 등껍질
어느 섬에서 풍랑에 떠밀려 온 이민자
인질로 갇혀 눌러 살기 몇 천년이다

활화산이 멈춘 용암의 계곡
잿빛이다
검댕이 색깔 보다 더 우울한 빛
뻘 같은 잿빛을 무거운 등으로 유유히 느릿느릿 느리게
느린 악장의 안단테
뭐든 움켜쥐기 쉽게 진화한 단단하고 뾰족한 발톱
하늘을 올려 다 보는 목주름의 깊이
한 세기世紀를 기록 한다

물 한 모금 없는 울프 화산에서
사랑하고 알을 낳고 가계家系를 이어 족보를 지킨다

느린 걸음 한 발짝이 아름답다
살아 숨 쉬는
울프 화산의 거북이는 숭고하다

가야금 외 1편

김영랑

북으로
북으로
울고 간다 기러기

남방의
대숲 밑
뉘 휘여 날켰느뇨

앞서고 뒤섰다
어지럴 리 없으나

가냘픈 실오라기
네 목숨이 조매로아

꿈밭에 봄 마음

구비진 돌담을 돌아서 돌아서
달이 흐른다 놀이 흐른다
하이얀 그림자
은실을 즈르르 몰아서
꿈밭에 봄마음 가고 가고 또 간다

끝없는 강물이 흐르네

내 마음의 어딘 듯 한편에 끝없는
강물이 흐르네
돋쳐 오르는 아침 날빛이 빤질한
은결을 돋우네
가슴엔 듯 눈엔 듯 또 핏줄엔 듯
마음이 도른도른 숨어 있는 곳
내 마음의 어딘 듯 한편에 끝없는
강물이 흐르네

동백꽃 외 1편

김원희

한때는 그대가 꽃인 적 있었다
가슴 저린 사랑도
세월 지나면 무던해지는가

저 동백
시들어 추해지기 전
아직 색과 향 남아있을 때

보란 듯이 툭
이별을 고하는,

틈

수덕사 대웅전 기둥
틈새에서 생명이 자라고 있었다
꼬물꼬물 매서운 북풍을 견디고 탄생한 생명체
기둥을 자궁삼아 암흑의 침묵 속에서
목탁소리와 풍경소리만이 유일한 벗이었으리라

우주의 전부였을 작은 공간
눈뜨고 나가면
수만 번 소리로만 들었던 독경
파릇한 사미승 되어 해보는 날 있을까
그래서 모두 다 외어버린
대웅전 기둥 틈 속 작은 회색벌레

소월, 저만치 외 1편

김창희

가도 가도 물길이 열리지 않는 수색을 지난다
걸음걸음 물빛이 바랜 그 길을 지나며
가시는 걸음걸음 놓인 그 꽃을
사뿐히 즈려밟으라던 소월의 진달래를 생각한다
저 만큼 혼자서 피어 있던 소월의 꽃을
오늘도 어제도 아니 잊고 먼 훗날 그때에 잊었노라고
훗날 된 오늘 소월의 당신을 불러본다

수색 성당 골목길 돌아서다 마주친 얼굴이
저만치
혼자서 흔들리며 걷고 있는 길을
당신과 나 사이
이제는 흐르지 않는 수색의 물빛으로
혼자서 저만치 깊어지고 있다

날선 곡선

훈데르트바서의 집은
굽이치는 물결이다
그의 집으로 가는 길은
한 굽이 돌 때마다 바람이 일고
한 고비 쉴 때마다 풀냄새가 짙어졌다
아무것도 꿈꾸지 않았던 나는
우주 밖으로 이어진
훈데르트바서의 계단을 오르기 시작했다
푸른곰팡이에 녹색 이끼를 입히면서
눈물에도 색깔이 있다는 걸 말하고 싶어졌고
수많은 창으로 이어진 소박한 거짓말에도
적의를 가져야겠다고 다짐하기도 했다
그 동안 너무도 많이 버려졌으므로,
황사 먼지에 가려져
꽃 피울 수 없는 날들을 생각하며
나는 울었다
나무 그늘로 차고 넘치던 물의 기원을
이젠 중생대의 전설쯤으로 기록해야 할까
훈데르트바서의 물방울들이

앙상한 그늘을 향해 뛰어 오른다
계단의 끝은 보이지 않았지만
계단 사이사이 그가 심어놓은 뿌리에선 막
새잎이 돋아나고 있었다
푸르지 못했던 숨죽인 불꽃들이
잠에서 깨어난 듯 뿌리를 뻗어왔다
날선 곡선들이 서서히 나를 감고 휘어졌다

요강바위* 외 1편

김혜경

연분홍 꽃잎에 홀려 한참을 따라들어
깊은 산 골짜기 자궁 같은 마을 있네
장군목 그 한가운데 들어앉은 바위 하나

새각시 꽃가마에 넣어온 요강이었네
구름자락 들추고 일보는 만삭의 달
강물은 흐벅진 궁둥짝을 은근쩍 치고 갔네

오백 리 굽이돌아 남녘 촉촉 적시는
천년을 퍼내도 마르지 않을 저 강물
밤마다 속곳을 내린 울 할매 오줌발이네

* 순창군 동계면 어치리 섬진강 상류에 있는 바위

붉다

기별 없이 찾아온 왕눈이 저 사내
백주대낮 십구 층 난간에 매달려
삼복에 등물 친 알몸 닳도록 훑어본다

무서운 줄 모르나 겁도 없이 올라 와
주먹만 한 눈망울 위아래로 굴린다
화들짝 나도 모르게 젖가슴을 가린다

능청스런 저 눈길 왠지 낯설지 않다
제풀에 빨갛게 익어가던 고추잠자리
유유히 자리를 뜬다 나도 따라 붉다

천년사지(사천왕사지) 외 1편

남청강

당간지주에 걸터앉은 천년의 적막이
설핏 부는 바람에 문득 잠을 깨는데

고독한 대숲 바람의 카르마 춤이
잊혀진 시간을 꾸역꾸역 들어 올린다

폐허의 아우성은 성긴 잡초 속으로 불쑥 내미는
무상의 옆구리 당차게 빗겨 잡고
영겁을 걸어 당기는 화두를 질근질근
백골의 이빨처럼 씹어 오는데

천년을 잠들 시공의 동굴 속으로
휙 뚫고 지나가는 적멸의 그림자

아뿔사! 무심한 것은 선천년 후천년
나뿐만이 아니었던가

허공을 움켜쥔 잔솔가지 하나 눈짓도 없이

저 홀로 무념의 배 저어 간다

봄 봄

봄은 서원처럼 큰 젖가슴 풀어헤친
한 마리 거친 우주의 암컷

응달의 경계에 서서 씨알처럼 웅크린
눈 먼 새끼 안으려고 천만 개의 눈을 뜨고
천만 개의 손을 벌려 응달을 치러 달려간다

얼음장 같은 응달이 송장처럼 드러누워
가시의 덫을 놓을 때
쿵쿵 뛰는 양달의 심장을 꺼내놓고
흔들리는 경계와 맞장 뜨러 오는 님 누구던가

인내의 시간이 흘러가고
나무의 잎새마다 새하얀 속눈 뜨며
쏘옥 쏘옥 비상을 준비할 때

봄은 그제사 다정한 어미 되어 웃고
잎새는 두루두루 날개 펴고 꽃 피고 새 울고
두두 물물 젖을 문 어미의 세상이 훤하다

금강초롱꽃 사랑 차 외 1편

노혜봉

뭉근한 노을빛 사랑, 불을 지폈다

맑은 잎 골 골 이슬방울
표주박에 받아 내려 찻물을 달였다
그윽이 잔 물살 잦아 든

바탕 재 그 빛깔에서 우려진 내 영혼
어두운 꽃향 생생히 잎잎 나를 일으켜

심심한 맛 감싸 안는다
꽃숨 소곳이 바라보는 네 눈부처
깊은 결 물그림 속

차향을 나누는 반그늘에 어린 찻잔

느림, 부겐베리아 꽃에게

한꽃송이 꽃대에 꼼짝 않고 두어 달째,
절정의 순간을 꽉 붙잡고 있다
너의 진분홍 날개받침 품에서 꽃잠 들기
마지막 목숨 줄 유록색 여린
잎새 둘 곱게 받아,
느리게 느리게 곰삭히기
간절한 말뜻, 엎드려
두 손 내려 공손히 받아 모시기
너의 꽃말 그 영원한 사랑을
두루마리 시간에 펼쳐놓고,
白簡 설화지에 달빛 무늬로 내림 글씨
금촉 꽃술로 無爲 無爲라 흘려쓰기
꽉 찬 달빛, 단물 익은 마음 꽃숨에,
속속들이 겹쳐 돌아드는 황홀이란!

봄 오는 소리 외 1편

동 봉

난초 향

봄 오는 소리

향기에 취해

까무룩

脱時空

가늠이 불가능한
자욱한 고요!
귀 기울여 흐름을 듣는다
어떤 시간도 느껴지지 않는다
손을 휘저어 공간을 잡는다
잡히는 것은 아무것도 없다
있는 것이라곤 오직
고요로 자욱한 시끄러움 뿐

회심곡 외 1편

문혜관

짜죽재 넘어와 일평생 뿌리내린 어머니
줄줄이 자식 낳아 타향살이 내보내고
작은 발자국 소리에도 귀가 쫑긋

흰머리 곱게 빗질하여 올려 봐도
이마의 주름살은 지울 수 없어
삶의 계급장으로 저승길 환히 연다

셋째아들 머리 깎고 산중으로 들어가니
저승길 가는 것보다 더 가슴 저미고 애달파
문지방에 기대어 이제 올까 저제 올까

난蘭

얼마나
아프기에
저리 날을 세우나

안으로
삼킨 인고
가슴 속 담아 놨다

살 찢어
피는 꽃이라
향기조차
그윽한가

모과 외 1편

박분필

하얀 눈 위에 반짝이는 샛노란 눈매 하나

흔들릴 때 마다 숨구멍이 열리고 숨결마다 향기다

향기에는 저마다 그리움이 실려 있는지

만월 쪽으로 밀려가서는 더 아득해지는 눈빛

첫눈이 올 때까지 모과는 침묵에 들었던 걸까

모과가 침묵에서 깰 때까지 첫눈이 기다린 걸까

기다림의 시간을 지나서 같은 곳 함께 바라보는

너와 나 이제는 서로의 향에 익숙해진 풍경이다

팽팽하게

공원이 한낮의 미열에 떠 있다

공원을 빙 둘러친 타원형의 길로, 네가
지구를 도는 달처럼 서른 바퀴를 도는 동안
내 눈은 초침으로 굴러 너를 따라다녔다

핸드폰을 귀에 대고 쉐쉐쉐 우주인과 통화를 하는 너
끊지 못해 길어진 통화 줄이 넓은 공원을 서른 번씩이나 묶었고

그러고도 남은 줄이 나를 팽팽하게 서른 번을 휘감았는데
정오의 한 가운데 내 그림자만 서 있고 나는 어디 갔을까

그림자와 나는 쌍생일까
그림자가 나를 흡수했을까

나를 잃어버리고 싶을 때가 있었지
그림자처럼 죽은 듯 살고 싶을 때 있었지

그런 길, 다 돌아 도착한 길
오늘은 햇살처럼 웃고 싶은 날

얼굴 외 1편

박인환

우리 모두 잊혀진 얼굴들처럼
모르고 살아가는 남이 되기 싫은 까닭이다
길을 걷고 살면 무엇하나
꽃이 내가 아니듯
내가 꽃이 될 수 없는 지금
물빛 눈매를 닮은
한 마리의 외로운 학으로 산들 무엇하나
사랑하기 이전부터
기다림을 배워버린 습성으로 인해
온 밤에 비가 내리고 이젠 내 얼굴에도
강물이 흐른다
가슴에 돌담 쌓고
손 흔들던 기억보다 간절한 것은
보고 싶다는 단 한마디
먼지 나는 골목을 돌아서다가
언뜻 만나서 스쳐간 바람처럼
쉽게 잊혀져버린 얼굴이 아닌 다음에야
신기루의 이야기도 아니고
하늘을 돌아 떨어진 별의 이야기도 아니고

우리 모두 잊혀진 얼굴들처럼
모르고 살아가는 남이 되기 싫은 까닭이다

세월이 가면

지금 그 사람은 잊었지만
그 눈동자 입술은
내 가슴에 있네
바람이 불고
비가 올 때도
나는 저 유리창 밖
가로등 그늘의 밤을 잊지 못하지,
사랑은 가고 옛날은 남는 것
여름날의 호숫가 가을의 공원
그 벤치 위에
나뭇잎은 떨어지고
나뭇잎은 흙이 되고
나뭇잎에 덮여서
우리들 사랑이
사라진다 해도
지금 그 사람 이름은 잊었지만
그 눈동자 입술은
내 가슴에 있네
내 서늘한 가슴에 있네

사월 초파일 외 1편

박준영

색)

선한 일 많이 한 적 없지마는
남을 위해 산적도 적지마는

오늘 하루, 당신 앞에 무릎 꿇어
잘못했다고, 그래도 복은 많이 주십사고
빌고 빌었더니

오냐, 사는 게 얼마나 힘들더냐
와 준 것만 해도 복 받을 일이니
아무 걱정 말고 오늘같이 살라하시더라

공)

절로 굽어지는 허리
굽실거릴 나이는 지났는데

오늘
오늘은 일어서는 날

털고
비우고 일어서는 날

비로자나 삼존불

기림사
비로자나 삼존불상
배를 째
보물을 훔쳐 가도

훔친 놈
벌 안 받고

비로자나 삼존불상
아무 말 없이
그냥 웃고
살아가시더라.

파도 외 1편

박한자

플라멩코 추는 여인

봄

옥잠화는
무거운 흙 들어올려
새순을 돋우는데

가느다란 바람에
벚나무 꽃 떨어져
땅위에 눕는다

새순이 놀란 가슴으로
"왜 벌써 가시나요?"

꽃잎이 웃으며
"먼저 왔으니 먼저 가야지요"

노인정 노인들 외 1편

박 향

크고 작은 바위 우뚝우뚝 모여 있다

태초부터 그들은 돌이 아니었다
야들 야들 꽃잎이라던가
한입 물면 사르르 녹아 안기는 솜사탕이라든가
아니면 사자, 아니면 삵

뇌성벼락에 간은 굳어버리고
시시때때로 불어 친 삭풍은 팔다리를 오그려버렸다

온종일 햇살 품어
갈라 질 듯 깎아지고
뽀얀 속살은 피멍 들었다
넝쿨은 기어 올라
이승의 풀지 못하는 타래로 감겨 버렸다

들어도 못 들은 척
알아도 모르는 척
번쩍이는 번개 눈꺼풀로 감추고

분노 한 적 잃어버린 돌부처 되어

기댈 곳 없어 서로 등을 대고 기대어 있다

종소리

당목은
당좌를 친다

떠나지 못하는 발길에 채이며 그렁대는 소리

쇠종에 맺힌 밤이슬을 깨트리며
맑은 아침이 되어
맨 발로 달려 나간다

산맥이 되어
파도가 되어

늪지 지나
덤불지나
사람 속으로

무궁화 역사 외 1편

서이정

선사시대 이래
무궁화로 태어나
다섯 꽃잎은 하나가 되어
오행상생이로구나
온 몸을 희생하여
소우주를 보살피더니
본초강목, 동의보감으로 나래피었네

꽃말은 일편단심, 영원함과
섬세한 아름다움,
단심계, 배달계, 아사달계의
순결과 진실, 끈기와 단결
한 그루의 수천송이는
역사 페이지로
피고지고 피고지고,

일제강점기의 무궁화 탄압,
전국의 무궁화를 뽑고
그 자리에 벚꽃 심더니,

우리 민족 덩달아
전국 방방곡곡
벚꽃 축제가 웬말인가?
개탄스럽도다
나라 잃고 위안부, 짐승 취급당한
그 시절을 잊었더냐?
나라 없이 우리 행복이 있었던가?

매일 아침 새로운 꽃이 피어
일신하는 겨레의 진취성,
끈기있는 우리 민족의 표상,
영원히 피고 또 피어서
8월 8일은 무궁화의 날
온 누리에 애국 꽃 피워
무궁화 축제로
무궁화 역사를 꽃 피우리

무궁화 아리랑

청춘을 묻은 그 자리에
애심으로 피어난 무궁화
험하고 낮은 곳에서
불멸의 넋으로 꽃피운다

아리랑 맑은 영혼으로 핀
일편단심 영원한 그대여
천신만고 비바람 겪어내어
고매하고 심오하게 핀 대한의 꽃

민족의 수난 속에서도
조국의 혼불 꽃으로 핀다
삼천리 대한의 얼,
고결한 겨레의 꽃,
역사의 맥이 되어
피어난 무궁화 아리랑

청아한 품성으로 피어난
아리랑 무궁화여

굽이친 애환 속에
살아남은 불멸의 무궁화여
충혼의 넋으로 피어난 무궁화여

엉겅퀴 외 1편

석연경

유랑하는 뭉게구름
관들이 떠다니네

외롭다 말하면 사막에 던져진 돌이 되지
차라리 빈들에 서서 엉겅퀴 피우네

텅 빈 길가에 절망이 피네
보랏빛 혈이 툭툭 터지네
충혈된 묘비 고독한 눈

네가 사라진 길에서
내가 사라질 길에서
가시달린 잎들이 즐비하게 섰는데

재도 연기도 없는 향냄새가
엉컹엉컹 산문 안으로 이끈다

사라진 몸이 순간을 떨고
꽃술 위로 은하수가 쏟아지는 밤
꽃탑 하나 경내를 밝힌다

연리지

단단한 너는 어느 무른 시절을
연비燃臂 자국 남기며 지나가나

낙안에는 아미타 벽옥산이 있어
팽나무 연리지 전각이 있어

물고기 은빛으로 튀어 오르는 봄
연리지 목탁소리

마음이 있거나 없거나, 할!
적막이 느릿느릿 걸어와
가지마다 목어떼 일렁인다

생이라는 슬픔은 천형
죽음은 고른 숨을 쉬기에
첫 울음은 숲을 부른다

해산 후 젖 물린 어머니 잠결 아래
눈 쌓인 연리지 대적정에 든다

흰빛 가득한 낙안이 보인다

아리안의 노래 2 외 1편

석 전

그때는 추웠다.

독수리와 콘도르가
툰드라를 지난 하늘 자손에게
12정상 고원한편을 내주었고
황도黃道를 따라 남하하는 금오金烏는
당그래 칸을 조선으로 이끌었다.

시계를 그리면서 해우리에 새긴
검붉은 삼족오가 날아가는 철에는
극락을 품은 혜안의 불사조였고
가릉빈가는 대붕이 되어
잠든 Himalia와 Andes 산맥을 깨우려
밝은 바리때 눈으로 두 팔을 빌려
세상을 향해 파초가 되었으리라……

옛길이 끊어진 시간
분화된 부여신화의 편편황조翩翩黃鳥가*
검붉은 고구려 고분벽화가**

꾀꼬리로, 흰색 인면조로 변색되어

평창, 평창을 반시계로 개장한다.***

---

* 翩翩黃鳥 雌雄相依 念我之獨 誰其與歸, 〈三國史記〉권 13, 高句麗 本紀 ; 김부식이 고구려 제2대 유리왕(재위 BC 19~AD 18)의 작품으로 채록하였지만, 서정시 황조가의 꾀꼬리설은 후대 학자들의 오독으로 이해된다. 새하늘을 이어받은 유리왕을 친중라인 시발점으로 해석될 수 있기 때문에, 서사시 재평가〈金烏神話를 반영하는〉를 학계의 연구과제로 남긴다.
** AD 408년에 축조된 고구려 덕흥리 고분벽화; 남포직할시 강서구역 덕흥동.
*** 평창; 2018년 동계올림픽 개회식. 키신저; IOC위원, 유태인, 트럼프대통령 외교라인 멘토.

공수레공수거 空手來空手去

우리가 가난했던 시절
그대가 내민 손을

그대는 투자라 말했지만
우리는 원조라 말하였고,

우리가 성장하여
옆집에 나누어 주면

아들딸들이
퍼주기라고 한다.

가지면 가질수록
소금처럼 번뇌가 쌓이는 것을…

우리가 죽을 때에는

이 땅의 아들딸들이
부자가 될 수 있을까?

숲속 의사 딱따구리 외 1편

송낙인

숲속 나무에 정형외과 의원을 개설했다
침입한 벌레를 귀신같은 솜씨로 수술해
정상적인 생명으로 원상회복시켰다

회복된 나무 옆 갓 죽은 나무에
딱딱, 따다 다닥 멜로디
동그란 구멍을 뚫어 새 집을 건축 한다
사랑하는 그대와 같이 백년해로할 곳

박새, 동고비, 개미잡이, 원앙, 파랑새, 딱새류들은
딱따구리가 건축해 놓은 집을 한시라도 비우기만을
서로 불법침입 기회만 노린다

사람 중에도 박새, 파랑새 같은 자가 있듯이
사는 게 다 그러한 것
그렇게 살다보면 거미줄에 걸린 벌레
신세가 될 때도 가끔씩 있게 마련

딱따구리가 건축해 놓은 집 주변에는

꿀벌, 진딧물들이 득실거린다

말벌, 무당벌레, 폭탄먼지벌레까지 등장했다

그러나 그대는 자벌레, 연두벌레 신세

스님 같은

하얀 서리가 내려앉아
은빛으로 반짝거리는 서광사*
가을 서리 맞아 깨달음 품어 안은
스님의 풍모가 잔잔히 번진다

너는 왜 색즉시공色卽是空의 도리를 알고
사바세계에서 인고의 인연들에 얽혀 있느냐
영취산 높은 바람을 여름 내 겪어야 한다
국화 향기에 무소의 뿔 같은 수행 자세여

국화를 꼭 닮은 저 스님
너럭바위 소나무처럼 맑고 고결하고
향기 내뿜는 국화 도량이 되어
마침내 열반의 경지에 다다르는구나

* 충남 서산시 부춘동 소재 사찰

감로도甘露圖 외 1편
— 호리병

양태평

꽃들이 만발한 천지에 내가 있다
꽃물 우려낸 다기는 울긋불긋
이슬 머금은 대지는 상큼하다
별 빛 푸른 삼천세계 사기호리병
당신의 허리춤에서 반짝인다, 내가
흰대접을 받쳐 들고 그림같이 서면
당신의 젖과 꿀물이 흐른다

호리병 속 대지는 늘 촉촉해지고
거기 내 일상들이 갇힌다
언제 헤어날지 모르는 꿈속인양
독과 약이 극이 되는 하루 또 하루
사기호리병 속에서 살아내야 하는, 나는
하루치의 감로를 받아내 핥는다
삼천세계에 잠시 머물 뿐이다.

경전을 맛보다

갓 들여놓은 서책 냄새가 상큼하다
백도의 얇은 속살을 찬찬히 훑는다
맛보는 재미가 설들었는지

책갈피 사이에 코를 대고서 문지르다가
지그시 눈 감고 얼굴을 부빈다
잠깐인가 싶어 고개 드니, 천 년

말로만 듣던 무릉에 드니 향긋하다
천도天桃를 한 입 가득 베어 문
경전속의 나날이 꿈결같이 흘러간다

닥종이마다 뱉어 낸 말씀들 구수하니
깨알같이 살아난 벌레는 활자가 되고
색다른 삶이 되어서 다가온다

갓 들인 애첩인양 분내까지 상큼하니
몰래 맛보는 과육인양 해맑다
백짓장 들추는 노부老夫의 입가처럼

침이 고여 회자하는 인구의 책갈피마다
씨까지 삼킨 듯 못내 찜찜하여, 나는
슬쩍 입을 닦으며 경전을 덮는다.

無題 외 1편

오형근

아버지의 49재를 마쳤다 이제 죽을 자격을 얻었다

채 마르지 않은 이야기

장대비 온 다음날, 햇살 튕기는 보도블록에 큼직한 지렁이를 앙다물고
개미들이 끌고 가는데, 항변하듯 지렁이가 크게 한 번 꿈틀꿈틀

여여하다 외 1편

우정연

화엄사 일주문
구불구불한 돌담장 앞에
느티나무와 바위가
한 몸으로 살고 있다
나무가 바위를 껴안은 것인지
바위가 나무를 껴안은 것인지
누가 먼저
사랑고백을 한 것인지
한 몸의 그들을
나무라 불러야 하는지
바위라 불러야 하는지

도량을 한 바퀴 돈 후
느티나무에게 넌지시 물었다
그들은
밀당이라는 말을 몰라
재거나 계산하거나 눈치 보지 않았으며
나무라하든 바위라하든
괜찮다한다

노르웨이의 그리움이 해탈되다

지구상에서
가장 청정한 지역
그래, 우리는 이 땅을 사랑한다라는
애국가의 첫 구절처럼
아름다운 북유럽의
드넓고 자원 풍부한 나라
노르웨이가

무심천 꽃다리 등 너머
육거리시장 노점상에서
좌판에 납작 엎드린 자반고등어로
헐값에 팔린다
"노르웨이는 얼마유?"
"팔천원이유"

드넓은 바다를 품어
수초와 작은 물고기와 미생물
쪽빛 골짜기마다 고인
물빛과 하늘빛과 천둥과 빗소리까지

옴싹옴싹 받아먹고 자라온
깊고 푸른 그리움으로

살아선,
한 번도 닿을 수 없었던
등과 가슴이
죽어,
우연처럼 포개어져
운명처럼 한 쌍을 이루고
사라쌍수 아래의 곽시쌍부 * 처럼
깐닥깐닥거린다

* 부처님께서 열반 후 그 열반을 보지 못하고 늦게 도착한 가섭존자를 위해 두발을 관 밖으로 내 보이시는 모습.

드라이 플라워 외 1편

유수화

마른 꽃잎을 본다
낙타의 등줄기를 닮은 뿌리의 끝은 보이지 않는다
마지막에 닿았을 물, 뿌리의 끝이 없다
물줄기로 가던 길이 보이지 않는다

신을 부르던 종소리, 신의 발소리에 귀를 대고
첫 꽃잎을
모래바람에 흔들리게 한 찰나로

꽃잎의 솜털이 흔들린
수천 길로 겹친 모래의 계곡으로

달디단 물의 목넘김을 하던 낙타의 방울소리
누군가, 나에게 오고 있다

돌돌 말리고 말려있는,
마르고 비틀어진 꽃잎의 물줄기를 지나고 있다
꽃받침에서 시작 된 길을 찾아서 오고 있다

부처의 봄, 나의 봄이다.

아버지의 술, 과하주

하루도 거르지 않고 술독을 열어보시는 아버지의 술,
용수에 안개빛으로 고이는 과하주를 채주하는 날,

염천에 빚는 과하주 소주방은
무재치늪 안개입니다
습지의 풀에 기대어 잠자는 새벽안개입니다
새벽이면 안개를 가르는 물자라의 물그림자입니다
물그림자로 하루의 일상을 그려가는 아버지,
용수의 과하주를 거르는 아버지는 물자라 입니다

안개에 묻어버린 사내의 뜨거움도
늪바닥에 앙금으로 가라앉히듯 술을 뜨십니다

안개에 젖어있는 시간도 물길에 설레던 이름의 시간도
무엇하나 내것으로 정하지 않으시던 그가
아버지 이름자를 붙인 술병에 술을 그득하게 담으십니다
오롯이 아버지의 것으로 과하주를 음복하십니다
아버지의 굽은 등이 술방의 안개가 되어가는 날입니다

뜨거운 증류를 식히듯 무제치늪으로 시큼한 바람이 부는 8월의 한낮,
물자라 그림자가 얼비치는
낯설지 않은, 저 등,
무재치에서 불콰한 아버지를 봅니다.

별 헤는 밤 외 1편

윤동주

계절이 지나가는 하늘에는
가을로 가득 차 있습니다
 나는 아무 걱정도 없이
가을 속의 별들을 다 헬 듯합니다

가슴속에 하나 둘 새겨지는 별을
이제 다 못 헤는 것은
쉬이 아침이 오는 까닭이요,
내일 밤이 남은 까닭이요,
아직 나의 청춘이 다하지 않은 까닭입니다

별 하나에 추억과
별 하나에 사랑과
별 하나에 쓸쓸함과
별 하나에 동경과
별 하나에 시와
별 하나에 어머니, 어머니

어머님, 나는 별 하나에 아름다운 말 한 마디씩 불러 봅니다

소학교 때 책상을 같이 했던 아이들의 이름과, 패, 경, 옥 이런

이국 소녀들의 이름과, 벌써 아기 어머니 된 계집애들의 이름과,

가난한 이웃 사람들의 이름과 비둘기, 강아지, 토끼, 노새, 노루, '프랑

시스 잼'.

'라이너 마리아 릴케', 이런 시인의 이름을 불러 봅니다

이네들은 너무나 멀리 있습니다

별이 아스라이 멀듯이,

어머님,

그리고 당신은 멀리 북간도에 계십니다

나는 무엇인지 그리워

이 많은 별빛이 나린 언덕 위에

내 이름자를 써 보고

흙으로 덮어 버리었습니다

딴은, 밤을 새워 우는 벌레는

부끄러운 이름을 슬퍼하는 까닭입니다

그러나, 겨울이 지나고 나의 별에도 봄이 오면

무덤 위에 파란 잔디가 피어나듯이
내 이름자 묻힌 언덕 위에도
자랑처럼 풀이 무성할 거외다

눈

지난밤에
눈이 소오복히 왔네
지붕이랑
길이랑 밭이랑
추워한다고
덮어주는 이불인가봐

그러기에
추운 겨울에만 내리지

문고리 외 1편

이경숙

뒷간 다녀오마
하고 문 열고 나가신
아부지

여닫이는 아즉 그대론데

향 한 대
피워놓고
먼 산 바라보는,
문고리

해바라기 그네를 타다

골목어귀가 환하다

얼굴 돌려가며 햇볕 끌어 모은 해바라기
검은 씨앗 알알이 박고
누런 금니로 되새김질 한다

어둑하고 눅눅한, 오래된 솜이불처럼
묵직한 노인 한 분 문 밖으로 나온다
손에는 부채와 폰을 들고서,
햇살 한 줌씩 노인의 품 속
파고들면 사랑의 잔뼈들이
채워가는 나날들

극악스럽게 울어대는 매미처럼
몸 부르르 떨며 폰이 울린다
바다 건너 딸의 음성 들리면
평생을 걸어온 묵은 시간들
매미가 껍질을 벗어버리듯
가벼운 깃털이 출렁거린다

바람에 실려 가는 뭉게구름이
둥둥 떠가듯이
꺼져가는 불씨, 풀무질하는
서쪽 하늘 향해

해바라기 그네를 타다

등운곡藤雲谷* 외 1편

이명숙

이끼 묵묵한 부도탑 지나
不二門 들기 전
대나무 숲을 헤치면
새벽종성 보랏빛 푸른 그늘

하루 종일 풍경소리
구름 위의 버들치 가볍게 받쳐 들고
실개울 비스듬히 흘러내리는
너럭바위에서 오랫동안 잠을 잤다

간혹 계명암의 닭소리를 듣기도 했다
골짜기 굽이 돌 때 마다
발은 땅에 닿지 않고
늘 간당간당 절벽 끝에 서 있었다

오월 맑은 햇살은
꿈속에서도 눈물처럼 흘러 고였다

달빛 그림자에 가슴을 베이는 나날

주렁주렁 등꽃마다 불을 밝히고

초파일 밤을 지샐 때 홀로 듣는
그 바람의 살들 위로
잊혀진 생각처럼 깊이 내려앉는 산자락
어스름한 香水海에 닻을 내리면

한 발도 더는 딛을 수 없는 그곳
삼배 마치고 일어서는 몸
걸어 다니는 절 한 채
수천수만 삼매의 뿌리 더욱 질기다

* 범어사 등나무 군락지. 국가 지정 문화재

붉은 염주를 굴리는 사과나무 과수원에는

사과나무와 나무사이 모퉁이를 돌 때마다
막다른 골목에서 퍼질러지는 파이어 오팔(fire opal)
한 천년쯤 내려앉은 노을 쪽으로 기러기 날아들고

어둠을 뱉어내는 풀벌레들의 울음 속으로
아직 붉을까 말까 검을까 말까 구름 그림자들
신선하게 피가 익어가고

오랫동안 흘러온 물의 길을 기억하는 연어처럼
속살의 향기는 알 수 없는 저곳으로
어딘지 모르는 알 수 없는 이곳으로

홀린 듯 끌려와서 내 누운 자리 자리마다 터져 나온
꽃자리, 수군거리는 소문처럼 덧없이
할일 없이 불어오는 바람에 휘날리며

나 한 천년쯤 여기에 서서
한 천년쯤 이 모퉁이를 돌고 있었던 것일까

그때마다 이렇게 불타고 있었던 것일까
빠지직 가지를 태우고
휘청휘청 불 속을 걸어가고 있었던 것일까

저 붉은 해 속을 다 날아 지금
날아가는 기러기들이 통과하는 불구덩이 다음에
드디어 마주하는

사리 한 알
영롱하게 비치는 피의 맛 서걱서걱 걸어 돌아오는
해 지는 저녁

한 방울의 물방울은 달디 달게 나를 태우고
화염에 휩싸여 불타는
집. 지붕도 창문도 없이 찰나로 굴러가는 과수원의

나. 한 천년쯤 사과 한 알이었을까
한 천년쯤 데굴데굴 굴러가고 있었을까
나. 한 천년쯤 이렇게 중얼거리고 있었을까.

오후 세시 외 1편

이문희

비가 내린다

오랫동안 하릴없는 사람처럼
바라만보다가
빗속에 남겨둔 것들을 만진다
저만치 비껴서있는,

시간은 언제나 밀쳐왔다 밀려가고
풀지 못한 과제들처럼 슬픔과도 해후한다

슬픔을 빗속에 여러 번 헹구어
빛 좋은 날
포플러 가지위에 걸어두고
웃음을 와르르 쏟아내고 싶다
웃음의 뿌리는 슬픔이기도 한 것이므로

이제 내 가슴속에서만 비가 내린다

아득하다는 말

그대와 나 사이
깊은 골짜기 하나 있어
이월에서 다시 이월로 이어지는
긴 전쟁 같은 고비의 골목이 있어
길 잃고 해 넘어
목소리 메아리 되어 돌아 올 때
아득하다는 말이 참으로 아득하여
아득하다의 말속에는
동굴 같은 심연의 바다가 있기도 해서
가슴 저리는 마음들이
저리 술렁대며
오르락내리락 하는 지도 모르겠다
뒤란 꽃잎 구르는 소리와
낙숫물에 멀어지는 하늘과
산책길에서 만난 도토리 한 알에
때로는 낮은 담장을 끼고 돌아오는
아버지의 중절모자처럼 희미해지는 것인지도
저녁불빛들을 불러들여 두 손 모으고
고요히 얼굴을 묻는 시간

내 몸에 불을 켜 외 1편

이석정

개똥벌레가 제 몸에 불을 놓아
어둠을 밝힌다지요,
심지에 불을 붙이고 들여다보면
제 속에 만년 바다 같은 제 어둠 있고
만년 바다를 밝힐 등도 있다지요,

벌레도 제 어둠 있고, 제 설움 있고
저만의 반야지혜가 있다지요,
벌레도 꿈이 있고 학교가 있고
책이 있다지요,
가장 어두운 날 밤중에
내안에 반딧불을 보려고
개똥벌레를 찾아다니다 찾았습니다

풀 섶에 잃어버린
나의 촉수하나,

이곳이 낯설다

땅 끝이다
한걸음도 더 나아갈 수없는 땅 끝 마을이다
처음 보는 바다처럼
절벽에서 바다를 쳐다보았다

참 낯설다
바다가 내게 물방울하나 원하지 않아
바다와 나, 낯설게 그득하다
바다가 바다를 요구 하지 않아
낯설게 깨끗하다

내가 나를 만난다는 것
나의 시간을 알뜰히 쓴다는 건
바다가 바다를 만나 푸르게
살기만 하는 것이라고
바다는 그렇게 말하지 않았다
억조 만년 알뜰히 시간을 살고, 알뜰히 쓰는 걸
한 번도 말하지 않았다

병 나은 뒤 외 1편

이승하

세상이 참 많이 바뀌었구나
금붕어들이 저렇게 빠릿빠릿 움직이고 있다니
베란다 화분의 난들이 저렇게 파릇파릇 피어 있다니

길 나서니 거리의 모든 것이 낯설다
사람들 죄다 봄옷으로 바꿔 입었고
푸르른 가로수 잎 푸르르 떨고 있다

몸 가벼워 허공에 떠 있는 기분
팔 벌리면 날 수 있을 것 같은 기분
공원의 비둘기들이 뜻밖에 기운차게 난다

조금 걷다 다리 후들거려 주저앉으니
먹이 찾아 나온 개미 몇 마리
자벌레를 만나 맹렬하게 싸우고 있다

세상이 여전하구나

전화戰火

잠든 도시인들의 머리맡에 있다
검은 연기를 내뿜는 소각장의 굴뚝
잘 탄다 잘 타
화로 속에서 뒤엉킨 채
활활 타고 있는
나를 타락케 한 물품과
너를 유혹에 빠뜨린 경품들
지폐로 살 수 있는……

지폐로 살 수 없는
그 모든 것들
포화와 탄화
방화와 실화
지구 전장에서 타고 있는
사람들, 사람들의 저 살……
아, 어린아이들의 살
맑은 우윳빛의, 샘물 빛의……

춘분에 핀 목화송이 외 1편

이아영

3월의 한가운데 내리는 눈

춘분에 피어나는 목화송이 난분분한데

원추리 새싹 파릇하게 올라오는데

산수유꽃 방긋방긋 나비잠 깨는데

진달래 꽃망울 어느 소녀의 초경인데

낮과 밤 깊이가 같은 날

눈 시리게 내리는 눈발

샤갈의 마을에 내리는 눈은

지붕과 굴뚝을 덮지만

한천로 벌리 마을에 내리는 눈은

오패산 중턱의 즐비한 돌탑에 내려앉아

동화의 나라를 만들어요

하얀 옥양목 이불 깔아놓고

나뭇가지엔 연둣빛 천사들이 날갯짓해요

오디의 꿈

교정 뒤뜰 뽕나무
알알이 열린 오디
한 움큼 따주던 까까머리 머슴애
지금은 어디서 무얼 하고 있을까

톡 쏘는 새콤달콤
손바닥 짙게 물들던
보랏빛 여운

초로의 나이에도
내 가슴 속 쉼 없이 흐르는 적벽강
늙지 않는 소년

수유꽃그늘 아래 외 1편

이혜선

구례군 산동면 지리산자락

다소곳 엎드려있는

산수유마을

흐르는 물소리 따라

수유에 피었다 지는

연노랑 꽃그늘 아래

너와 나 눈 맞추었을 때

하늘에 별

땅에는 별꽃

어울려 환히 웃고

몇 겁劫 후의 햇빛이 내려와

머리칼 쓰다듬고,

간장자리

시어머니 제사 파젯날
베란다 한 구석에 잊은 듯 서 있던 간장 항아리 모셔와
작은 단지에 옮겨 부었다
20년 다리 오그리고 있던 밑바닥을 주걱으로 긁어내리자
연갈색 사리들이 주르륵 쏟아진다

툇마루도 없는 영주땅 우수골 낮은 지붕 아래
허리 구부리고 날마다 이고 나르던
체수 작은 몸피보다 더 큰 꽃숭어리들
알알이 갈색 씨앗 영글어
환한 몸 사리로 누우셨구나

내외간 살다보면 궂은 날도 있것제
묵은 정을 햇볕삼아 말려가며 살아라
담 너머 이웃집 연기도 더러 챙기며
묵을수록 약이 되는 사리 하나 품고 살거라

먼 길 행상 가는 짚신발 행여나 즌데를 디디올셰라
명일동 안산에 달하 노피곰 돋아서

어긔야 멀리곰 비추고 있구나*

이승 저승 가시울 넘어 맨발로 달려오신
어머니의 간장사리

혹등고래 종이접기 외 1편

임술랑

엄마를 기다리며 낮에 종이접기를 했다
인터넷 동영상으로 혹등고래 접기
앞발이며 뒤꼬리도 만들어
상牀에 올려놓고 외출
친구들 만나러 갔다가 좀 늦었다
엄마가 일 마치고 돌아와
발견한 편지
혹등고래 배를 갈라보니
아무 글자도 없었다
다시 보니 종이접기 혹등고래
반가운 편지글이 아니어도
엄마를 기다리며 접은 종이 조각이
정갈하게 상 위에 올려져 있는 것이
엄마는 기뻤단다

화살나무

잎을 다 떨어버리고 겨울 화단에 선
화살나무는 굳세고 단단하다
시위를 늘이려는 그 팔뚝하며,
자세가 역동적이다
화살의 날개로 온통 뒤덮인 가지는
청동青銅처럼 고전적인 색이다
그에게로 가까이 가 보니
가지 끝에 새 촉을 틔운 것이
움직임 없이 가만히 눈만 뜨고 있는 악어처럼
살아 있는 듯 했는데
나는 처음에는
이 나무가 바깥으로 온통 화살을 쏘아서
자기를 지키려고만 한 줄 알았다
다시 보니
화살나무는 그 내부로, 그 뿌리로,
그 자신에게로
온전히 화살을 쏘아대고 있었던 것이었다

백설기 외 1편

임연규

이 밤

저 눈 나리고

저 들녘

떡시루 가득한

백설기 얼마일까?

가난한 詩人

주머니만 깊네

가로 曰

낯선 이국 대만에서

사람과 사람끼리

말이 통하지 않아

차라리

언어를 일탈하니

오히려

눈과 마음이 아연 탈속하다

꽃이나 나무나 새나 짐승이나

서로

우주의 사투리로

가로 曰. 이다

맨드라미 외 1편

장옥경

얼마나 허공을 콕콕콕 찍었으면
땅을 박차고 날아오르려 했으면
온몸이 활활 타오르는 불꽃으로 피었나

시간도 멈춰버린 숨 막히는 열기 속에
붉고 검은 앞가슴 엉겅퀴 숲을 지나
불잉걸 지나가는 바람도 화들짝 튕겨 오르고

꽃대 위 문장들이 꿈틀꿈틀 깨어나는
시마詩魔 걸린 정수리에 초록 숨결 불어넣자
화르르 살아 숨 쉬는 시詩 땡볕 속에 터진다

사랑

빨간 단풍잎에
별 무리처럼 맺힌 물방울
아침 햇살에 은빛으로 반짝이다가
소슬바람에 떨어질 듯 글썽거리다가
툭 치면 말간 종소리
댕댕댕댕 소리내며
부서져 내릴 것 같은

세한도歲寒圖 속으로 외 1편

전인식

따뜻한 아랫목에 누워
누군가 만들어 놓은 책속의 길 따라 쫓는
나에게도 봄은 올까, 노래할 수 있을까

환호 지르며
세상 한가운데 알몸으로 뛰쳐나갈
유레카의 순간을 위해 오늘 나는
사철 내내 눈발 펄펄 날리는 세한도속으로
저벅 저벅 큰 걸음으로 걸어들어야겠다

솔가지 부러뜨리는 바람 가슴 안으로 받으며
사각의 흰 세상 밖 어디론가
간절히 손 뻗는 곳으로 흐르는 더운 피 한 점
갈라터지는 몸속에 숨길 수 있다면
봄 햇살 그리워 흘러내리는 눈물들 주렁주렁
허연 소금덩어리 고드름으로 얼어붙는
눈 못 뜨는 형벌로 서 있어도 괜찮아라

세상 가득한 눈밭 다 녹을 때까지

겨울을 인내하다 꽁꽁 얼어붙은 내 몸
핏빛 붉은 진달래 꽃잎으로 눈을 뜰 때
비로소 살아 한번 가질 기쁨으로
눈부실 것을

나는 오늘
사철 내내 눈발 펄펄 날리는 세한도속으로
저벅 저벅 큰 걸음으로 걸어들어야겠다

뮐쏘*를 처음 만나던 시절

너를 처음 만나던 그때, 담배를 배워 물기 시작했고 강둑에 앉아 별을 향해 소주병 나팔을 불며 보리밭 네발로 기는 법과 구토를 배우던 중이었다 그리고 간혹 몽정을 경험하던 때.

돈 벌러 간 삼촌이 객사하여 돌아오고, 잠 못드는 할머니 곁에 누워 소리 없는 물의 속력과 수심 깊이 가라앉기만 하는 끝없는 물방울 소리를 들을 때 너는 어머니의 죽음에도 눈물 한 방울 흘리지 않았다

하품하며 졸던 오후의 윤리시간 너는 바닷가를 거닐다가 문득 마주친 햇. 빛. 때. 문. 에. 쏜 총알이 나를 향해 날아오는 것만 같던 순간, 정확히 내 머리통을 명중시키는 선생님의 분필토막 교실바닥엔 붉은 피 대신 웃음의 파편들이 쏟아지던 그 시절 나를 가르친 것은 선생님이 아니라 바로 너였는지도

배 아프다 조퇴하고 보리밭에 책가방을 숨겨두고 소년원에 간 옆집 친구에게 빵 하나 건네주고 돌아올 때 담 밖 열흘보다는 담 안의 한 시간이 더 나를 살게 한다는 네 혼잣말이 미루나무 잎사귀로 반짝거리기만 하던 까까머리 그 시절엔 서부영화가 재미있었고 총 쏘는 법과 말 타는 법을 배우고 싶었다

국화가 필 무렵엔 담배를 가르쳐 준 놈보다, 담배를 더 잘 피웠고 새우깡을 안주로

해서 술을 마신다면 아버지를 이길 수 있다는 생각을 하면서 고양이처럼 햇볕을 쬐는 일과 생쥐처럼 어둠속으로 숨어드는 버릇이 생겨났다 때때로 시를 쓰고픈 마음이 포롯포롯 돋아나던

뭴쏘, 너를 처음 만나던 그 시절

세상은 아직도 열 몇살 그 시절 알 수 없는 너다

* 알베르까뮈의 소설 〈이방인〉의 주인공

숨바꼭질 외 1편

정량미

가 본 이가 없다고 했어요

그림자마저 숨기고
너무도 잘 살고 있어요

얼굴에 활짝 핀
보조개마저도

도대체 무슨 말씀이냐고
가면을 쓴 바람이
훅
불어요

아무도 가 본 이가 없는 그곳

어쩌면
숨겨놓은 그림자 하나
끄집어내면

얽힌 이야기들을 먹고 사는
그것들이 딸려 나올지 몰라요

쉿!
조심하세요

땅이 말하다

모든 것이 쓰러진 저 빈 들녘에
홀로 깨어서
바라 본 하늘

너무도 투명해서
시린
반짝이는 별 하나

지친 그림자 안고
누운 땅들이 잠꼬대 한다

우린 설 곳 잃어
방황하는 사이,
커다랗고 막막한 그것들이
내 자식을 짓밟고 있어

너무나 많은 것을
빼앗기며 살아온 아버지의 땅

몇 백 몇 천의 부채를 안은 경운기가
내 고요를 깨는구나
면허증도 필요 없고
단속도 없는
술 취한 슬픔

눈 시린 하늘이
자꾸만 내게로 쏟아진다

페사와르 시장의 찻집 외 1편

정복선

그대가 차를 끓여 따라줄 때

어디선가 독수리 한 마리 잊힌 전생처럼 솟아올라

낡은 찻잔에 그림자로 스쳐갈 때

저 야생의 수런거림을 기억하는가, 그대여

나의 첫 번째 꿈

은하銀河의 뜰

지난 생에서 그린 새소리가 밀봉되어 있다

전전반측, 이 꿈이 언제 깰지 모르겠고

어머니 수놓으신 베갯모 꽃밭을 건너서 가보자

이슬 외 1편

정 숙

눈뜨자마자
아침 햇살 붙잡고 날아오른다
밤 내내 별빛, 달빛으로
얼마나 깊은 사유의 옷을
짜 입었기에

하루살이 보다 더 빠르게
날개 없이 사라지는 법 깨달았는가

투명이라는
그 눈물방울이 바로 날개였던가?

인생 2

밥을 먹는다

밥이 나를 먹는다

밥은 내 아버지를 먹고

또 그를 먹는다

먹히다, 먹히다 지쳐 뼈만 앙상한

그를 밀치고

이제 내 아들이 먹힌다

밥술을 놓아야만 비로소

한 마리 나비되어 날아오를 수 있는

밥은

피눈물을 부른다

죽음과 삶을 가르는 길목의

갑질을 위해

마음 외 1편

조오현

그 옛날 천하장수가
천하를 다 들었다 다 놓아도

빛깔도 향기도
모양도 없는

그 마음 하나는 끝내
들지도 놓지도 못했다더라

출정出定

경칩 개구리
한 마리가 그 울음으로

방안에 들앉아 있는
나를 불러 쌓더니

산과 들
얼붙은 푸나무들
어혈 다 풀었다 한다

그곳에 꽃이 핀다 외 1편

진준섭

따뜻한 시선이 머무는 곳에 꽃이 핀다

서로에게 소중한 존재가 되는 곳에 꽃이 핀다

눈길 하나 주는 이 없는 외진 곳
간절한 기다림이 있는 곳에 꽃이 핀다

채워지지 않는 그리움에
노을빛 긴 그림자 드리우며
이야기 풀어 놓는 곳에 꽃이 핀다

더디 가더라도
귀 기울여주고 채워주고 손잡아 주는 곳마다
진한 향기 머금은 꽃이 핀다

책갈피 속 이야기

처마 밑 얽힌 전선처럼
서로 어깨 걸고 살아가던 이웃들

서둘러 일터 향하는 발걸음으로
아침이 일찍 시작되던 산동네

어둠에 단칸방 피곤을 덮은 채
늦은 밤까지 온가족 웃음으로
가파른 삶 희망의 계단을 쌓아 올리곤 했지

군데군데 떨어져 나간
빛바랜 간판 앞에 서면
책갈피 속 흑백 이야기가
실타래 풀리듯 되살아 나곤했지

관세음보살 외 1편

천지경

스님께서 언제나 외우라는 염불
관세음보살
어렵고 힘들 때 저절로 읊조리는 주문
관세음보살
친정어머니 편찮으신 소식이 들려올 때
관세음보살
낡아 헤진 남편의 작업복을 널 때
관세음보살
형편없이 떨어진 아이의 성적표를 볼 때
관세음보살
언제나 내 입속에 붙어사는
관세음보살

서방보다 좋은 것

다리 쪽으로 시작된 건선
한약을 먹고 침을 맞고 양약을 먹고
연고를 발라도 차도가 없다
가렵고 건조해서 미칠 지경인데
누가 마사지를 받아 보라 한다
종아리와 발이 마사지 되는
발마사지기를 샀다
두드리고 주무르고 게다가
따끈따끈한 열기까지

어메! 서방보다 훨씬 낫네

바람같이 외 1편

청 화

끝내는 날아가 버릴
황금빛 날개의
새를 키워 무엇하리

파도는 오고 또 오는데
이 바닷가의 모래 위에
모래탑을 쌓아 무엇하리

가자, 가자
풀꽃 하나 흔들고 가는
그 한가닥 바람같이

탑을 기울게 하는 벌레

적폐는

돌을 갉아먹어

탑을 기울게 하는 나쁜 벌레입니다

그러므로 적폐가 있는 땅에는

병 앓듯 탑이 기울고

병 앓듯 탑이 기울면

가을이 와도 국화꽃이 피지 않습니다

해만 뜬다고 밝은 날이겠습니까

지금 탑이 점점 기울고 있는데

국화꽃도 피지 않는 가을인데

배만 부르다고 좋은 날이겠습니까

달밤 귀를 기우리면

먼 고구려 신라의 염불소리도 들리는 탑,

그 탑이 머지않아 무너질 날이

자꾸만 자꾸만 눈에 보입니다

어찌 가만히 있어야겠습니까

오늘 범불교도대회에 모인

분노를 가진 손들이여

탑을 사랑하는 얼굴들이여

일어나 크게 종을 울립시다
천둥소리가 되도록 울립시다
적폐를 청산하라고
적폐를 청산하라고

돌멩이 외 1편

채 들

나 이렇게 둥글어지기까지

세상에 얼마나 많은 상처를 내었나

이별

봇짐 싸들고
산문을 나설 때

쓰윽, 김행자님이 내민
머리빗 하나

"난 이제……
필요 없을 것 같아서요."

후우우, 후우우 외 1편

최금녀

종자씨같은 시들을 모아
손바닥에 올려놓고

후우우
후우우 분다

걸어서 날아서
부디
어느 절 마당
탑돌이 하던 비구니의
소매 끝같은 인연에라도 닿거라

후우우
후우우.

새벽

이 네모 반듯한 시간에
당신만 들어오세요
오늘 하루
틈틈이
씻고 다닐
몇 말씀만 남겨 놓으세요
구겨지지 않게
잘 접어 놓고
틈틈이 읽겠습니다

땅거미 울다 외 1편
— 장수長壽 그 뒤안길·12

최오균

꽃동네 오두막집 노을 안고 사는 노영감
식구들 애경사일
수첩에다 매일 쓰네
아내의 제삿날에는 빨강으로 밑줄 좍.

막내딸 손에 이끌려 건강검진 받는 자리
바람 든 겨울 무처럼
머릿속이 텅 빈듯해
의사가 아내 생일을 묻는데 말 못 하네.

불현듯 아련하게 떠오르는 아내 얼굴
멀리서 손짓하며
무슨 말 하는듯한데
땅거미 우는 소리가 귀울림 돼 가리네.

2월 30일

월사금 밀린 학생들 교무실로 불려간 날

언제쯤 낼 것인지 그 날짜를 써내라해

연필만 만지작대다 눌러 쓴 2월 30일.

아직껏 본 적 없는 아리송한 패스워드

오기*가 아니란 걸 꿰뚫어 본 교감선생님

손이 참 따뜻하구나, 결석은 하지마라.

* 오기(誤記:잘못 씀) 또는 오기(傲氣:깡다구)

팔미도 벼랑 외 1편

태동철

흙 한 점 없이 살이 모두 뜯겨나간
시련 속에
흰 뼈를 일으켜 세운 골격으로 난바다를 품고 있다

심해深海에서 달려온 파도를 곧은 등으로 받아
포말을 피워 올린다
억센 늑골을 켜켜이 쌓아 올린 가슴으로
파도를 조각내서 떠나보낸다

앙상한 뼈에도 석화는 핀다
돌게의 안식처가 되고
숭어의 산란처가 되며
발목이 빨갛게 물질한 갈매기 쉼터가 된다

팔미도 벼랑
거친 파도에 한 치도 흐트러짐 없이
태초 이래 수직의 자세를 지키며
힘찬 발끝으로 가 없는 바다를 펼치고 있다
수평선 너머 몰려오는 파도
물굽이, 굽이 팔미도 벼랑 앞에서 오체투지 한다.

만리포 첫사랑

수평선 너머 만 리의 이별도
파도 결 한 굽이로 접히는
물거품 하얀 그리움이 아니냐
투명한 모래알갱이의 자음에
심해에서 심층수로 일구어진
물결이 모음으로 스며
해안선에 추억의 문장을 엮는다
아름다운 약속의 한때를 밝혀
진실과 진심이 서로 어깨를 내준
발자국을 느낌표로 찍는다

눈길이 닿지 않는 눈썹 위에
파란 경계로 뻗은 수평선은
만 리나 떨어진 그리움이 아니냐
미쳐 가슴에 담을 새 없이
물무늬로 돋아난 문장들이
파도에 쓸려 먼 바다로 풀려간다
떠나간 마음을 읽으려
천길만길 파문에 눈빛을 얹고

아득한 심연에 귀를 묻는다

사과 반쪽이 갈라지듯
노을에 꽃물을 풀어놓고 진 태양
동심원이 머물렀던 자리에
씨앗 두 점으로 별이 떠올라
속눈썹에 맺혀 꽃술인 양 떨린다
수억 광년을 건너온 별빛과
온 생애를 다해 달려온 눈빛
이별이 이토록 가깝다

알 수 없어요 외 1편

한용운

　바람도 없는 공중에 수직의 파문을 내이며 고요히 떨어지는 오동잎은 누구의 발자취입니까?

　지리한 장마 끝에 서풍에 몰려가는 검은 구름의 터진 틈으로 언뜻언뜻 보이는 푸른 하늘은 누구의 얼굴입니까?

　꽃도 잎도 없는 깊은 나무에 푸른 이끼를 거쳐서 옛 탑위의 고요한 하늘을 스치는 알 수 없는 향기는 누구의 입김입니까?

　근원은 알지도 못할 곳에서 나서 돌부리를 울리고 가늘게 흐르는 작은 시내는 구비구비 누구의 노래입니까?

　연꽃 같은 발꿈치로 가이 없는 바다를 밟고 옥 같은 손으로 끝없는 하늘을 만지면서 떨어지는 해를 곱게 단장하는 저녁놀은 누구의 시詩입니까?

　타고 남은 재가 다시 기름이 됩니다

　그칠 줄을 모르고 타는 나의 가슴은 누구의 밤을 지키는 약한 등불입니까?

사랑의 존재

사랑을 사랑이라고 하면, 벌써 사랑이 아닙니다
사랑을 이름지을 만한 말이나 글이 어디있습니까
미소에 눌려서 괴로운 듯한 장밋빛 입술인들 그것을스칠 수가 있습니까
눈물의 뒤에 숨어서 슬픔의 흑암면을 반사하는 가을 물결의 눈인들 그
것을 비칠 수가 있습니까
그림자 없는 구름을 거쳐서 메아리 없는 절벽을 거쳐서, 마음이 갈 수
없는 바다를 거쳐서 존재? 존재입니다

그 나라는 국경이 없습니다 .수명은 시간이 아닙니다
사랑의 존재는 님의 눈과 님의 마음도 알지 못합니다

사랑의 비밀은 다만 님의 수건에 수놓는 바늘과, 님의 심으신 꽃나무
와, 님의 잠과 시인의 상상과 그들만이 압니다

봉산산방 외 1편

한이나

이맘때마다 봉산산방 뜨락에 선다는 것은
피어있는 모란 붉은 마음 한 자락을 만나는 일
흰 나비 한 마리로 돌아오신
그분의 떠난 말씀을 보는 일
늙은 소나무에 한껏 피운 송화를 바라보며
그리움의 가루를 푸르게 푸르게 날려 보내는 일
나비, 머물러 끝까지 자리를 지킨다

바람의 독경

물소리를 팔베개하고 누워 밤새 잠들지 못했네

내가 그대에게 전하려 했던 말 관절 꺾여 떠내려가지 않고 머리맡에
고였다가 하심下心으로 흐르네

한참 더딘 물소리 같은 말 다 헤지고 낡아버려 소용없는 말 이제사 쏟
아놓는 물의 말 폭포, 사랑한다……

물을 스치는 알 수 없는 찬 향기를 맡으며 굽이굽이 흐르는 노래를 품
어 안았네 발꿈치로 따라가 보는 이 밤은 누구의 물소리인지

한세상 물결무늬로 적셔들었을 적막이나 즐거움에 닿아보기도 하고,
돌부리에 채였던 서러움이나 아픔을 가만 만져보기도 하는 나는 누구의
물그림자인가 발자취인가 당신의 등 뒤에 밤을 밝혀 물어 보네

장마 끝 만해마을에 와서 밤새 엿들은 물소리가 바람의 독경소리인줄
비로소 나 알겠네

별빛 아래 내린천 물그림자 하나 물 위를 걷는 법 익힌다

예쁜 진달래에게 외 1편

현 송

두견이
가슴 찢어
피어난 너는

부끄러워
살며시 오셨네

바라건대
몰래는 지지마라

사바세계

청산이 좋은들
메아리치는 곳

달빛이 좋은들
그림자가 따르는 곳

그래서
가슴이 아픈 곳

과메기 외 1편

홍순화

집어등 불빛에 속아 뼈대와 창자까지 발리웠지만
원래는 뼈대 있는 가문이었다

그들의 장례풍습은 풍장
매달린 죽음들이 해풍에 몸을 비운다
고향을 잃은 서러움 때문일까
바다를 품은 몸들은 바싹 마르길 거부한다
지푸라기에 허리가 꼭 묶여 있지만
보시가 이들의 운명이라
과메기들의 사망진단서엔 자연사란 말이 삭제되었다
가진 거라야 생미역 수위 한 벌
새콤달콤한 초고추장으로 비린내를 지운다

구룡포 선술집 노파
80년을 얼었다 녹아 피대기 된 몸이
비릿한 해풍을 접시에 담아 나르며

오늘도 무덤으로 갈 과메기들의 염殮을 하고 있다

찬란한 해탈

종이관 속에 직선의 자세로 누워있는
습기에 민감한 휴화산들

똑같은 키. 똑같은 모습의 일란성
저승과 이승의 경계를 벗어나
나머지 반쪽을 만나는 순간
뜨겁게 환생한다

침목실, 윤전실, 제조실을 거치며 탄생되는 개비들
간혹 화마로 돌변하는 부작용도 있지만
춥고 배고픈 성냥팔이 소녀의 몸을 녹이기도 했다

'모든 걸 태워라' 는 명령이 입력된
성냥개비의 DNA
대를 이어온 화려한 습성으로
대동강변 문수스님*의 소신공양 때
주저없이 불길을 연 조력자였다
그러나 우리가 모르는 것 하나
그들에게 입력된 강한 불심佛心

노력하기 때문에 방황하는 인간**을 위해
온몸을 태워 생의 마침표를 찍는것이다

머리카락 한 올
뼈 한마디 남기지 않고
열반에 든 그들

* 문수스님: 2010. 5. 31. 4대강 사업중지, 부정부패 척결, 가난하고 소외된 자를 위해 최선을 다하라는 유서
를 남기고 분신. 불교계에선 소산공양으로 보는 견해 강함.
** 괴테의 파우스트에서 인용

수선화 옆에서 외 1편

홍윤표

언 땅속 비밀 한 점
떠밀고 일어서서

우수 절 수선화 꽃
황금색 희망 연다

땅속에
몸 묻고 산 세월

복된 땅에
그
이름

홀로라도 섬이다

이 세상 모두가 섬인 것은
살아 있는 섬들이
올망졸망 자리 잡아 살기 때문이다
여기 섬들은
모두 부표處럼 떠 살면서 폭풍을 마시고
노도怒島에 깨지면서도 떨지 않고
홀로 앉아 있기 때문에 섬이다

염기 밴 매운바람이 스쳐 지나도
몸소 이겨낼 수 있기에
홀로라도 섬이다

섬은 열이 모여 살아도
백이 모여 살아도 모두 섬이며
멀리 있지 않고 가까이 독서하고
욕심을 버린 뒤 사심도 씻어내기에
홀로라도 섬이다

섬은 외로워도 사랑이 있어
섬이다

의자 외 1편

홍철기

한때는 이 의자도 빛나는 각을 가졌다

중심이 흔들릴 때마다 사각사각
시간은 각진 사연을 둥글게 깎아 냈다
한순간의 선택이 기울어진 길에 놓여 졌고
나는 그 마음을 모른 척 등진 채 살았다

조금 더 깎아내면 마음에 닿을지 몰라
제각각 다른 길 걸어와도 아픈 발처럼
모르는 내일이라도 성큼성큼 떠나봤으면
가늘어지는 머리칼이 빠질 때 마다
묵주를 색칠하며 떠나는 밤의 시간은 깊어졌다

수시로 저만큼 떨어진 탱자나무에서 바람이 불었고
의자는 가시에 찔린 듯 묵묵히 웅크렸다
더 이상 각을 세우지도 않았고
이제는 내가 다가가 괴어놓은 시간이 늘어갔다

흔들릴 때마다 흔들린 자리에 더 마음 가는 일

눈앞에서 가늠할 수 없는 햇빛의 각도 뒤로
문을 닫고 떠나는 것들이 많아졌다

이제,
빈 의자에 내가 앉는다

흑백사진

어릴 적 아버지가 받아오던 회색 봉투

봉투를 기다리며 어머니가 받아둔 막걸리 냄새를 맡지

나는 두부 한 모 사러 가야해 가다가 잊지 않고

신문지에 둘둘 말려 고소하게 팔려가던 통닭과 눈인사만 하지

통닭집 건너편 골목식당에서 일찌감치 들리던 춘자이모와 아버지 노
래를 듣네

노래와 막걸리가 먼저 준비된 골목

선수를 빼앗긴 어머니와 나는 아버지를 찾아

머리채를 움켜줄 준비를 하고 달려가지

만나고 싶어 우리가족 모두 함께 있던 골목 끝

그 곳에 기다리던 흑백사진 한 장

침묵의 강물 외 1편

효 림

눈에 보이는 강물이 강물의 전부가 아니다.
우리 눈에 보이지 않는 강물은
보이는 강물보다 더 깊이 흐른다.

소리 내어 흐르는 강물 속에서
침묵으로 흐르는 강물
그것이 진짜 강물이다.

세상 모든 썩은 것들이 떼로 모여 강물을 맘대로 흐를 때
침묵의 강물은 눈에 보이지 않게 맑게 흐른다.

비바람이 몰아쳐 온 산천의 물이 분노한 채 모여들면
그때 침묵의 강물은 강바닥을 뒤집어엎고 포효하며
큰 물결을 만들어 흐른다.

눈에 보이는 것보다 눈에 보이지 않는 강바닥을
먼저 깨끗이 쓸어내어 사납게 뒤집어 흐른다.

그림자

바보같이 그저 바보만 같이
반 발자국 반 발자국 뒤에만 서서
하염없이 하염없이 그리워 그리워 하는구나
꽃같이 꽃만 같이
아름답게 아름답게
뒤에서 뒤에서 따라만 가는구나

목화밭 외 1편

황경순

허연 목화송이 속에는
늙은 거미가 살고 있다.
거미는 제 배 속의 내장을 죄다 뽑아내어
몽실한 꽃송이를 피워내고 있는 것이다.
오로지 식솔들을 위해서 쏟아내는
저 끈적끈적한 울타리
온 힘을 다하여 생의 울타리를 치고 있는 것이다.
베틀에 앉아 베를 짜듯이, 물레를 돌리듯이
긴 여정의 삶을 꾸려나가는 것이다
끊임없이 풀어져 나오는 저 실타래처럼
비록, 거죽만 남아도
당신의 몸이 다 할 때까지

삶의 질기고 질긴 울타리 끈을
쉬이 놓지 못하는 것이다.

목화송이 봉긋봉긋 터지는 엄마의 들녘이
시린 가슴을 두텁게 덮어준다.

비의 법문

봄비 내린 들녘은
한 권의 경전이다
질펙하게 땅이 부풀어 올랐다
좀처럼 뽑히지 않던 잡초들
순순히 뿌리 내어주고
온 언덕을 점령하던 머윗대도
쓰디쓴 눈물 머금었다
그 누구와도 타협할 줄 모르던
가시나무도
연한 몸짓으로 새를 부른다
울컥울컥 보리심을 내는 저 들녘
자연도 때로는 머리를 조아릴 줄 안다
법문 깊이 새겨들은 나무들
저마다 망울망울 꽃 피워낸다

동시

무지개 외 1편

박용진

비 지난 하늘에
무지개가 떴어요
— 빨간 [시]는 개구진 시원이
— 주황 [라]는 우아한 준원이
— 노랑 [솔]은 예쁜 연서
— 또또는 초록 [파]
— 파란 [미]는 귀여운 윤환이
— 남색 [레]는 준석이 형아
— 보라 [도]는 지원이 누나

오선지 타고 또르르
우리 집 음악회.

꽃과 별

화단에 핀 꽃은
낮에 뜬 별

하늘을 수놓은 별은
밤에 핀 꽃

우리는
꽃이 되고
별이 되고.

첫 설렘 외 1편

반인자

지구에 찾아온 봄
첫 설렘으로 두근두근.

여린 새싹도
설렘으로 고개 내밀고

개나리도
설렘으로 피어나고

예식장 신부인 이모도
설렘으로 입장하고

2학년 올라간 첫 등교
설렘으로 교실 문 드르륵

엄마 손잡고 처음 절을 찾아간
설렘으로 법당에 사뿐사뿐 들어서네.

땡그랑 쟁그랑

물 반, 고기 반 살던 물고기
호기심에 용기를 보태어
깊은 산으로 소풍을 갔지.

풀냄새가 좋고
나무 냄새도 좋고
산 냄새가 더 좋아

내려오는 걸 까맣게 잊고
어느 암자 처마 끝에 매달려
바람과 한들한들 즐겁게 놀고 있네.

이 따끔
고향인 바다가 그립고
물에서도 찰방찰방 대고 싶지만

산사에서 노는 재미에 푹 빠져
바다만 가슴 깊숙이 묻어두고는
오늘도 어린 동자승과 들까불며

땡그랑 쟁그랑
쟁그랑 땡그랑.

수필

선승禪僧의 수행사찰

이정남

깊어가는 수행정진이 도반 두 분과 수덕사를 참배하게 했다. 인터넷 안내 쪽지에 따라 서울을 출발하여 승용차로 2시간 30여분 만에 도착했다. 나의 마음이 안개 자욱했던지, 가는 도중 곳곳이 운무 가득해 길을 어지럽혔다. 겉만 보지 말고 내면을 보라고 그랬는지, 틈틈이 촬영 불가라고 팻말이 서 있었다. 왜(?)그런지 궁금했다. 절 입구 임박한 곳까지 어수선 할 정도로 음식점 그리고 술집들이 부처님 예배드린 후 찾아 달라고 간판이 빙긋이 웃었다. 혼란스러워 나는 마음이 언짢았다. 부처님이 머문 자리는 분별심이 멀리 떠난 곳이리라. 나의 잘못 일으킨 마음을 끝없이 질책하면서 대웅전을 찾았다. 나의 마음이 수덕사 참배의 길로 인도 한 것은 선의 극치에 계셨던 경허선사와 만공선사가 수행한 사찰이라, 그 선기禪氣를 찾아보려는 알뜰한 정성도 깃들어 있었다.

나는 선사들의 수행 발자취에 따른 향이 서려 있으리라 믿었기 때문이었다.

영원히 사라지지 않는 대선사의 혼을 나의 가슴에 담으려 마음을 활짝 열었다.

덕숭산 자락에 오묘하게도 병풍처럼 자연지형이 만들어진 한복판에 수덕사가 놓여 있었다. 주변 경관이 심심甚深한 수도도량修道道場 같음을 금방 알아차리게 했다.

나와 도반들 모두가 넋을 잃고 무아지경을 만끽했다. 아름드리 큰 나무에서 뿜어내는 신선한 공기를 한껏 들여 마셨다. 몸과 마음이 하나 되어 눈이 감지하는 국보49호 대웅전으로 들어섰다. 선맥禪脈의 정통 사찰에서 흐르는 선기禪氣에 취하여 동행한 도반들을 잊고 몇 백번의 절을 올렸다. 나를 부르는 도반의 외침에 정신을 찾았다.

〈만공선사 수행처〉

도반들 중 한분이 오랜시 간 동안 출발장소로 오지 않아 '부처가 되었나 싶어' 나를 찾아왔다는 것이었다. 나는 잠깐이었지만 적어도 덕숭산 대웅전에서 인간의 삶을 바탕으로 허공의 영역을 거닐고 있었던 것이 틀림없었다. 나의 도반들에게 조금만 더 기다려 달라는 부탁을 했다. 나는 소리 없는 발걸음으로 사뿐사뿐 스님들의 참선도량인 정혜사를 탐방하고 만공선사의 담소淡素한 수행도량을 관조하는 찰라,

"'중생들의 소망을 방울방울 담은 바가지가 뇌리를 감싼다.

가녀린 나의 손이 덮개를 풀어낸다.

금은보화가 서기瑞氣를 발광한다.

탐욕을 벗어버리니 지혜가 샘솟듯 일고, 미운 마음 사라지니 사랑이

날개를 달고,

　성깔을 쫓아버리니 경사가 철철 넘친다.'고

　덕숭산 산자락에 불 뿜는 우렁찬 메아리로 울려 퍼진다.

　자유를 무제한 부르짖지 말아라. 계정혜를 명심해라. 엄청난 보화가 샘솟으리라.

　삼천리금수강산이 나타나리라."

　엄중한 만공선사의 영혼이 가슴을 찌른다.

　'나는 이 자리가 불국정토-이사명연무분별理事冥宴無分別 십불보현대인경十佛普賢大人鏡-인 것을.'

　나는 도반들에게,

　"여보게들! 수행이 미천하여 부처자리 앉을 자격이 없어 당신들 곁을 다시 찾았다."

　도반 한분이, "그럼, 그렇지!"

　"우선 당신의 내면을 샅샅이 살피시오." 라고 했다.

　나는 이 말을 듣고 부처님 말씀이 저 멀리 있는 것이 아니고 우리의 삶의 과정에 숨어 있는 것을 알았다. 이것이 참선수행의 꽃망울이 아닌가 싶었다. 이 말을 건넨 도반은 먼저 극락천도 하고 없지만 나에게 깊은 불심을 심어주었다.

　나의 도반 이종철이가 남긴 이 말은 내 가슴에 영원히 필 꽃이리라!

　여보게, 친구야!

　"깨침의 진리는 선인, 악인 가려서 오는 것이 아니련만 지혜의 깊이가 그윽하지 못하면 심신에 스며들지 않으니 알 수가 없지 않소!"

　"극락에 있어도 나의 외침이 들리지?"

　그리고 당신이 항상 울부짖던—잡아함경 중

　—"삼일수심 천재보 백년탐물 일조진 三日修心 千載寶 百年貪物 一朝塵—

삼일 닦은 마음을 천년의 보배요, 백년 탐낸 재물은 하루아침 티끌이라_" 을 되새김 하니 세상이 환하게 열리고 있단다.

〈만공탑〉

천둥이의 은퇴식

이정희

깊은 잠이 들지 않아 시간마다 깨기를 반복했다. 전자벽시계의 바늘이 좀처럼 움직이지를 않는다. 그러다가 아침 6시에 알람소리가 나자 얼른 꺼버렸다. 조금만 더 눈을 붙이자 했는데, 그만 깜박 잠이 들었나 보다. 눈을 떠 보니 7시가 넘었다. 거실에 나오자마자 TV를 켰다. SBS 모닝와이드 '눈길 가는 소식'에서 6년 동안 재난지역에 출동해 소중한 생명을 구했던 골든리트리버종인 천둥이(9세)가 은퇴식을 했다고 전한다.

나는 강아지 얘기만 나오면 평소에도 눈빛이 달라지고, 목소리도 커지고 신이 난다. 오늘 나온 주인공은 2011년부터 부산소방본부 특수구조단과 동고동락한 인명구조견 '천둥이'다. 천둥이는 깊은 산속, 험악한 돌무더기, 아찔하게 높은 하늘 위 등 어디든지 출동해서 인명을 구했다.

부산소방안전본부에서 12월 5일 119 인명구조견 천둥이의 은퇴식을 가졌다. 사람 나이로 63세의 노령인 천둥이다. 2015년 5월 부산시 기장군 아홉산에서 산행 중 일행과 떨어져 길을 잃은 40대 여성을 수색 4시간 만에 구조하는 등 지금까지 재난현장에 180여 회 출동해 12명의 소중한 생명을 구조했다.

은퇴하는 천둥이는 자신을 강아지 때부터 조련시킨 중앙119 구조본부 인명구조견 교관인 H씨에게 분양돼 반려견으로 제2의 생을 살아가게 된다. 천둥이와 함께 6년간 구조 활동을 함께 한 핸들러는 "119 인명구조견으로 절제된 식단과 고된 훈련을 견뎌오며 험한 구조현장을 누벼 온 천둥이를 옆에서 바라보며 많이 안쓰럽고 대견했다."며 "먹고 싶은 것 마음껏 먹고, 가고 싶은 곳에 마음껏 다니며 사랑 받는 삶을 살기를 바란다."고 말했다.

은퇴식에서 2011년부터 6년간 재난현장에서 천둥이가 보여 준 활약상을 동영상으로 소개했다고 한다. 등산 중에 저혈당으로 조난을 당했던 54세의 여성은 인터뷰에서 "그 애가 아니었으면 어떻게 되었을지 모른다. 천둥이 덕분에 새 인생을 살게 되었다."고 말하며 고마워했다.

이제는 구조견의 직책을 내려놓고 반려견으로 돌아가는 '천둥이'이의 은퇴식에 대원들은 특별한 행사를 마련했다. 희망의 종이비행기를 날려주고, 천둥이의 목에 꽃목걸이를 걸어 주었다. 9살 천둥이의 영광스런 퇴임식! 부러웠다.

2010년 2월 22일(월요일)은 나의 퇴임식이 예정되어 있었다. 41년을 대과大過없이 근무한 나의 영광스런 퇴임식이다. 퇴임식장은 오시는 손님들을 배려해서 시내의 G호텔로 정했다. 퇴임사는 교감과 교무부장이 꼼꼼하게 챙겨 주었고, 안내장도 빠짐없이 보냈다. 큰아들은 내가 걸어 온 길을 아름다운 음악과 함께 멋진 동영상을 만들어 주었다. 식장 배치와 음식도 신경을 썼고, 오신 분들에게 드릴 답례품도 마련했다. 각 기관에서 공로패, 감사패를 보내왔고, 기관장들은 축사를 하시겠다고 전화도 주시고, 직접 학교로 방문도 하셨다.

퇴임식 사회는 아들이 다니는 방송국의 인기 아나운서 P씨가 맡기로 했다. 나는 미처 보지 못했는데, 나의 퇴임을 알리는 현수막이 일찌감치 G호텔 입구에 걸렸다고 했다. 큰며느리는 미용사가 퇴임식 날 새벽에 우리 집으로 오도록 미리 약속을 해놓았다. 퇴임식에 입을 한복도 다려 놓았다. '남편이 옆에 있었으면 많이 좋아했을 텐데…. 생각하고 잠자리에 들었다.

하지만 나는 퇴임식을 못했다. 눈에 넣어도 아프지 않은 나의 딸 때문이다! 딸은 나의 퇴임식 전날에 이승을 떠났다. 지금도 풀리지 않는 수수께끼다. '사랑한다'고, '엄마가 자랑스럽다'고 매일 아침에 문자를 보내던 딸이다. 엄마와 아빠의 뒤를 이은 중등학교 교원이라는 자부심도 컸다. 딸을 화장火葬해서 멀리 보내고 딸의 집에 갔는데, 나의 퇴임식 때 입으려고 곱게 다린 한복이 옷걸이에 걸려 있었다. 꽃집을 운영하는 딸의 친구는 "○○이가 꽃다발을 주문해 놓고, 날짜가 지났는데 연락이 없다."고 나에게 전화를 했다.

딸과 며느리, 손자와 손녀가 건네주는 축하 꽃다발도 받고, 가족사진도 찍고 싶었다. 퇴임식이 끝나고 집으로 돌아간 딸은 또 문자로 '엄마가 자랑스러워요, 엄마 사랑해요!'라고 했을 텐데…. 생각만 해도 가슴이 아려온다.

화백(화려한 백수)의 길로 들어서는 나에게, 가족과 내빈들이 응원의 박수도 쳐주고 열심히 사는 모습도 지켜봐 주기를 바랐었다. 내빈들께 '그동안 음으로 양으로 도와주시고, 이끌어 주셔서 감사하다'는 인사를 드리려고 했다. 이제는 잊어야지 하면서도 의문이 풀리지 않는 답답함은 나를 더 조그맣게 한다.

TV화면에서 늠름하고 의젓한 천둥이가 익살스런 표정을 짓는다. 그 모습을 보니, 내 얼굴에도 미소가 떠오른다. 은퇴를 하고 또 다른 삶을 살게 된 천둥이에게 응원의 박수를 보낸다. 묵묵히 헌신해 온 천둥이의 값진 행동을 사람들은 오래오래 기억할 것 같다.

천둥이는 은퇴식에서 '저의 임무는 소중한 생명을 찾는 것'이라는 퇴임사를 하지 않았을까.

소설

하얀 고무신

마선숙

순녀는 간간히 고개를 빼고 창밖으로 눈을 주었다. 바깥 풍경 보는 게 아니다, 정우만 바라보기 멋쩍어 눈을 번갈아 밖으로 돌렸을 뿐이다. 밖은 봄이다. 어김없이 4월이 왔다. 먹먹하다. 겨울이 매서웠어도 봄을 반가워 할 수 없다. 4.19는 순녀에겐 아물 수 없는 악몽이다. 삭이고 살다가도 4월이 되면 목이 메었다,

정우는 손잡이가 달린 긴 솔로 변기 속을 닦고 있다. 얼룩얼룩 묻어 있는 오물들이 쉽게 안 없어지는지 소독약을 뿌린 후 물을 내렸다. 정우 이마에 땀이 맺혀있다. 안쓰럽다. 마음 같아선 휠체어를 욕실로 밀고 가 이마의 땀을 씻어주고 싶다. 가만히 쉬라 하고 자신이 해버렸으면 좋겠다. 꼼짝없이 앉은뱅이로 갇혀 지내는 자신이 서글프다.

"고만 해 둬. 깨끗한데 뭘"

순녀가 입 속으로만 우물거리던 말을 내밀었다

"또 넘어지면 비극이에요"

정우가 순녀를 쳐다보지 않고 무덤덤하게 대꾸했다. 귀가 멀어 웬만한 소리는 놓치기 일쑤인데 비극이란 말은 유난히 또렷이 들려왔다. 순녀는 불에 덴 듯 움찔했다. 남편 노식이 욕실서 넘어져 오래 운신을 못한 적이 있어 더 그렇게 들린 것 같다.

노식이 구십 셋이고 순녀가 구십 둘이다. 평균 수명이 훨씬 지났다. 하루는 긴데 구십이 년은 왜 이리 짧은가? 노식은 당뇨 고혈압이 있어

도 관리를 잘 해 그런대로 정정했다. 이가 부실해 단단한 것은 먹지 못하고 백태도 끼어 볼 상 사납지만 불구가 된 순녀보다는 나았다.

노인네들이 쓰는 욕실은 며칠만 내버려두면 지린내가 나고 퀴퀴했다. 신경이 둔해져 아무리 조심해도 변기에 오물을 묻히니 민망할 때가 많다.

원래는 오래 된 단독주택이라 화장실이 하나뿐인데 순녀가 거동을 못하게 되자 옆방을 개조해 욕실로 만들었다. 안방을 정우 내외에게 내주고 휠체어가 드나들게 욕실이 달린 건넌방으로 옮겨 온지 삼 년 되었다.

4.19때 큰 아들인 정식을 잃는 바람에 정우가 장남이 되었다. 여기저기서 민주주의 함성이 폭발 했지만 그 틈에 정식이 끼었으리라고 낌새도 못 챘다. 밤이 이슥하도록 돌아오지 않아 안절부절 했는데 다음 날몸이 싸늘하게 식어 피를 흘리며 돌아왔다. 부상자가 많아 헌혈을 하다시위에 가담했고 총을 맞았다. 겨우 고등학교 일학년생이 꽃으로 피어보지 못하고 하얀 상여 꽃이 되었다.

잘 여문 꽃씨처럼 허튼 데 없던 녀석이었다. "이 담에 뭐가 될래?" 하고 사람들이 물으면 눈망울을 묵직하게 굴리며 소방관이나 곤충 학자되겠다고 미소 지었다. 자다가도 엄마, 하는 음성이 들리는 것 같아 밤이고 새벽이고 국립 4.19민주 묘지로 뛰어갔다.

비 오는 날은 아이가 비 맞을까봐 묘지 위에 종일 우산 씌어주고 앉아있다 오곤 했다. 그렇게 가려고 자궁 속으로 팔랑팔랑 나비처럼 들어와 꺼이꺼이 갔을까?

어쩌다 잠이 들면 꿈속에 정식이 나타났다. 소방관 옷을 입고 화재 난곳으로 뛰어들어 불 끄는 꿈이 연달아 나타났다 사라지며 마음을 어지럽혔다.

아이를 탁본해 가슴에 새기고 산 세월이 반세기 지났건만 아직도 사월이 오면 숨을 쉬다가도 졸지에 멈출 것 같다.

정우가 벽에 물줄기를 뿌려댔다. 타일 사이에 낀 먼지와 때가 씻겨 나

갔다. 수압이 높은지 물줄기가 튀어 머리를 젖게 만들었다. 정우 머리
가 하얗다. 반 이상이 백발이다. 허리도 많이 굽었다. 중노인이 상노인
을 모시는구나 싶어 탄식이 몰려왔다.

"머리 좀 닦거라"

순녀는 정우에게 조심스럽게 말했다. 마른 타월을 꺼내 물끼를 훔쳐
주고 싶은데 스스로 일어나 걸을 수 없는 몸이 원망스럽다.

"내버려둬요"

정우는 이번에도 혼잣말처럼 중얼거렸다. 마음이 서늘해왔다. 어려서
부터 성격이 적극적이지 못하고 소심해 은행 지점장까지는 못하고 차장
에서 정년퇴직했다. 연금과 약간의 저축으로 살림 꾸리는 걸 알기에 될
수 있으면 부담 주고 싶지 않은데 마음대로 되지 않는 게 삶이다.

그동안 노식이 위경련과 당뇨로 응급실 신세를 졌고 전립선염으로 큰
수술을 했다. 순녀 자신도 고질병인 관절염으로 정형외과를 노상 들락
여 마음이 편치 않다.

며느리 지혜는 하노라고 했다. 세끼 식사 외에 순녀를 며칠에 한번 목
욕 시켜주면서 생색 낸 적도 없다. 입성도 깨끗하게 건사 해줬다. 노식
이 당뇨 수치 올라 반찬에 설탕을 넣었느니 짜니 불평해도 잠자코 듣는
걸 보면 대견했다. 노식이 술 마신 다음 날은 잊지 않고 술국까지 끓여
줘 고마웠다. 나물도 푹 삶아 물컹하게 무치고 김치도 무를 데쳐 숙깍두
기를 해 주는 등 보살피느라고 애썼다.

아침에 정우가 방문 열고 인사할 때마다 연민이 스쳐갔다. 우리로 인
해 해외여행도 못하고 자유롭지 못해 눈치가 봐 졌다. 초연히 숭엄하게
떠난 정식을 생각하면 얼굴 주름이 번데기처럼 오글거리도록 사는 자신
이 누추해보였다.

우리가 구십대고 아들내외가 칠십대다. 손자인 근수 내외가 사십대로
증손이 지금 세 살이니 돌아가신 시부모세대까지 오대를 겪고 있다.

기운이 없다. 체력이 딸려 팔 다리가 축 늘어졌다. 벌써 사흘째다. 며

느리에게 속이 안 좋다고 죽을 달랬다. 노식 앞에서는 한 숟갈 뜨는 척 했지만 혼자되면 죽을 변기에 버렸다. 이런 저런 약들도 먹지 않고 죽과 함께 쏟아냈다. 시야가 까무룩한 걸 보니 효과가 나타나는 걸까?

"날 시설에 보내다오"

순녀는 정우 내외에게 여러 번 졸랐다. 그러나 애들은 정신 줄 놓기 전엔 안 된다고 머리를 저었다. 노식도 기념사진처럼 순녀를 끼고 있으려 했다. 매사 통박을 주면서도 놔주지 않았다. 휠체어에 앉아있지만 말벗은 되는가보다.

때로 정우가 칠십 둘이라는 게 소스라치게 놀랍다 어릴 때 정우는 배 앓이를 했다. 배를 쓸어주면 "엄마 손은 약손이야. 다 나았어." 하면서 목을 껴안고 입 맞추었다. 나중에 아이는 엄마가 배 만져주는 게 좋아 일부러 아픈 척 했다고 어머니를 놀렸다. 그런 개구쟁이 기억이 손금처럼 생생한데 어언 칠십 둘이 되었다. 세월이 왜 이렇게 빠른지!

순녀가 가면 노식이 측은하다. 융통성이라곤 없으니 빗자루에 달라붙은 낙엽 신세이리라. 오늘만 해도 그렇다. 조카 손자 결혼식이 있는데 같이 가자 안했다고 노여워서 일찍 종묘로 나갔다. 검은 머리 하나 없이 백발이 성성한 늙은이가 잔치에 가겠다고 나서는 게 민폐다. 친척붙이들이 마지못해 인사야 하겠지만 속으로는 노인네를 달가워하지 않을 텐데 딱하다. 말로만 인사하기 뭣해 용돈이라도 줘야 할 것 같아 부담스러워하는데 그걸 모르고 있다.

노식은 순녀에게 살갑지만은 않았다. 옛날 사람이라 여자를 이쑤시개처럼 소홀히 대했다. 동회 서기로 근무하다 구청 과장으로 퇴직할 때까지 월급도 꼬박꼬박 갖다 주지 않았다. 그렇지만 미운 정도 정인지 마음이 짠하다. 순녀가 떠나고 매사 고리타분하게 굴다간 애들이 힘들까봐 걱정이다. 호랑이 아닌 종이호랑이 행세라도 하려 할게 뻔하다. 늙으며 더 돈에 집착하는 모습도 안타깝다.

그래도 노식이 버팀목이다. "여보, 할멈 비 온다. 눈 온다" 하고 말 시키는 사람도 노식 뿐이다. 고구마 먹을 때는 "물부터 먹어요. 체할라" 하고 관심보이는 사람도 노식이다. 대가족 속에서 노식도 이해하고 아들 세대도 이해하니 이해하는 사람만 죽을 맛이다.

노식은 백 살까지 살고 싶어 했다. 아침 먹은 후 영양제를 대여섯 가지 복용했다. 관절 약, 눈 약, 혈액 순환 약, 치아에 좋다는 약. 배뇨 약, 비타민까지 한 움큼 뱃속으로 들이밀었다. 9988234를 외치며 장수하겠다고 노래를 불렀다.

"고만 살고 우리 저승길 손잡고 갑시다. 식솔들 고생시키지 말고"

두 해 전에 순녀가 넌지시 떠봤었다. 노식이 아홉수라 그런지 맥을 못추고 누워만 있기에 생이 다 되었구나 싶었다.

"죽고 싶으면 할멈이나 죽어."

노식은 버럭 역정을 내며 걸레통을 발로 차고 나가버렸다. 삶에 대한 애착을 어떻게 할 수 없나보다. 노식이 백세를 살면 아들 내외가 팔십인데 누가 모시나? 맞벌이 근수 내외는 동생을 낳아야 하는데 봐 줄 사람 없어 못 낳는 눈치다. 우리 없으면 근수 네랑 살면서 애봐 주면 되는데 미안하다. 집안 삼대가 상늙은이 중늙은이 그리고 장년이다.

돌아보면 참으로 험한 시대를 건너왔다. 사는 게 비극 그 자체였다. 조그만 몸뚱이로 역사의 질곡을 헤쳐 왔다. 풍파 속에서도 용케 살아났다.

빈한한 농가에서 태어났다. 곤궁해서 쌀밥 실컷 먹어 보는 게 소원이었다. 깜장 고무신이 닳을까 봐 학교 오 갈 때 신작로 길은 맨 발로 다녔다. 명절에나 겨우 계란 같은 것을 구경하던 때였다.

사진만 보고 열여덟에 노식에게 시집갔다. 가난해서 밤이면 호롱 불 밑에서 양말을 기었다. 장작불로 밥하고 냇가에 얼음 물 깨서 빨래하며 동상으로 고생이 심했다. 무명 한복을 입고 땅 파는 두더지처럼 일만 했다. 모진 세월 살다 시부모님 돌아가신 후 안주인이 되었다. 여전히 궁색하고 쪼들렸지만 집 안에 뒤뜰이 있어 마음을 붙이고 살았다.

뒤뜰은 한가로웠다. 물자가 귀할 때였어도 일년초 꽃들은 풍성하게 피고지고를 반복했다. 구석에 놓인 평상에 누워 하늘의 구름을 바라보는 게 유일한 낙이었다. 가끔 쌀 항아리 속에 보관해 놓은 애들의 상장과 졸업장 그리고 아이들 자랄 때의 앨범을 보는 게 즐거웠다.

그때가 순녀 일생에 가장 평화로웠던 시절이었다. 식구들이 둥그런 밥상에 둘러 앉아 김나는 밥을 먹으며 의지하고 살았다. 반찬에 숟가락들이 게 눈 감추듯 들락이는 걸 보는 게 뿌듯했다.

그런 세월 끝에 팔십이 넘으니 병이란 병은 다 왔다. 부정맥 무릎 관절염 허리 디스크에 녹내장 백내장까지 성한 데라곤 없었다.

불구가 되어 휠체어에 앉게 된 것은 삼년 전이었다. 관절염이 심해 걸을 수 없게 되어 별 수 없이 휠체어 신세가 되었다.

정우는 욕조의 물때를 수세미로 문지르고 있다. 저 애도 평생 돈 한번 제대로 못썼다. 하늘에서 순녀에게만 돈이 떨어지면 몰래 정우에게 주고 싶다.

지금 세상은 순녀가 살아온 암울한 세상과는 딴 판이다. 집집마다 차가 있고 현금대신 카드로 물건 사는 세상이 오리라고 꿈에도 생각지 못했다. 태어 날 때 자기 먹을 건 가지고 태어난다고 쑥 쑥 낳았건만 이젠 자식을 많이 낳지 않는 세상으로 바뀌어 낯 선게 한 두가지 아니다,

정우는 물끼 한 점 없이 바닥을 마른 걸레로 훔치고 머리칼을 주워 쓰레기통에 버리고 있다. 마무리로 청소 도구를 정리하고 방향제를 뿌려 댔다. 후각이 살아있는지 산뜻한 향이 코를 간질였다. 정우가 일을 마치고 손을 씻었다. 피곤해보였다. 등이 굽어있는 게 안쓰럽다.

언젠가 얼굴이 화끈했던 적이 있었다. 순녀가 정우와 병원에 갔는데 간호사가 정우에게 "환자 남편 되시죠?" 해서는 무참해서 얼른 고개를 숙였다. 지혜도 노식과 함께 어딜 가면 부부로 본다기에 쓰디쓰게 웃었는데 명줄이 기니까 자식과 함께 늙는 것 같다.

정우가 욕실의 환기창을 닫고 방으로 들어왔다. 순녀도 휠체어를 굴

려 구석으로 비켜섰다.

"먼지 들어와요. 창문 닫을 게요"

정우가 방 창문을 닫으면서 예사롭게 뇌까렸다.

"흰 머리가 늘었구나. 염색 할 때가 되었어."

"어머니가 이해하세요. 흰 머리가 불효인지 알지만 눈이 나빠져서 안 되겠어요"

정우가 남에게 하듯 느릿느릿 말 하고는 문을 열고 나갔다.

정우가 빠져나간 방문 쪽을 보다 휠체어를 굴려 벽 쪽으로 다가갔다. 허리를 숙여 문갑 문고리를 앞으로 잡아당겼다, 뼈만 앙상한 손이 헛놓였다. 손에 힘을 주어 다시 시도해 문을 열었다. 안을 헤집어 고이 보관해 둔 상자를 꺼냈다. 무릎에 상자를 놓고 뚜껑을 열었다. 검은 한복 위에 하얀 고무신이 단정하게 들어있다. 새것은 아니지만 말끔히 빨아 정갈했다. 당혜를 본 뜬 버선 닮은 고무신 코가 날렵하다. 고무신을 꺼내두 손으로 쓰다듬었다,

정식이 죽기 전 어버이날에 선물한 고무신이다. 오랜 세월 정식을 보듯 간직해왔다, 정식은 과묵하면서도 다정다감해 생일이나 어버이날엔 작은 선물을 했는데 그 중에서도 이 고무신이 특히 마음에 들었다.

정식의 생일 날마다 검은 한복에 이 고무신을 신고 국립 4.19민주묘지를 찾아 갔다. 그러나 걷지 못한 뒤로는 그리울 때마다 고무신을 어루만지며 마음을 달랬다. 고무신을 신고 있으면 순녀의 몸이 정식 옆에 가 있는 것 같아 위안이 되었다,

고무신을 신었다 벗은 후 가슴에 껴안았다. 정식을 안고 있는 것처럼 그리움이 복받쳤다. 고무신에서 정식의 체취가 전해져 오는 것 같았다. 눈물 한 방울이 떨어졌다. 잠시 후 다시 상자에 고이 넣어 문갑 안으로 깊숙이 감췄다. 손이 떨려 바닥으로 떨어트리지 않으려고 온 신경을 집중했다.

다시 벽 쪽으로 휠체어를 밀고 가 눈을 감았다. 몸이 무겁다. 모래주

머니를 달고 있는 것 같다. 노크 소리가 들리고 문이 열렸다. 지혜가 쟁반에 죽을 담아가지고 왔다. 휠체어 위에 유리판을 얹은 후 쟁반을 놓았다. 잣죽이다. 냄새가 고소하다.

"결혼식 다녀 올 게요. 집에 혼자 계셔야 해요"

지혜가 높낮이 없이 조용한 목소리로 말을 건넸다. 티브이에 나와 떠드는 사람들 말소리는 못 들어도 자식들이 하는 소리는 잘 들려왔다. 자식 앞에선 긴장하고 있나 보다.

"염려마라. 어서 다녀와."

순녀가 지혜를 안심시키기 위해 목청 높여 크게 대답했다. 지혜가 고개를 끄덕이며 문을 열고 나갔다. 지혜는 대범하고 품이 넓었다. 말이 없어 속내를 알 수는 없지만 순녀를 불편하게 한 적이 없다. 그런데도 가끔 무시당하는 느낌이 들 때가 있지만 그때마다 오해하기 시작하면 끝이 없다고 자신을 추슬렀다.

며느리도 몇 년 전부터 앉았다 일어나려면 끙 하고 앓는 소리를 했다. 만성 위염에 시달리는 얼굴빛도 밝지 않아 매사 대접 받으려 하지 말자고 마음을 비웠다.

침이 꿀꺽 넘어갔다. 잣 죽 색이 식욕을 돋웠다. 노식과 내가 팔십 넘으면서 지혜에게 상을 따로 봐 달라 했다. 처음엔 식탁에서 같이 식사했다. 그런데 손이 떨려 반찬 집다 다른 반찬에 빠트리는 일이 잦아 궁여지책으로 밥을 따로 먹자고 했다, 정신 바짝 차려도 흘리게 되니 불가항력이다.

죽에 마음이 동해 결심이 무너질까봐 휠체어를 욕실로 끌고 갔다. 변기 앞에서 죽 그릇을 서둘러 주르르 쏟아 부었다, 죽이 금가루처럼 아깝다. 주머니에 넣어 두었던 혈압 약과 부정맥 약들도 모조리 던지고 물을 내렸다. 죽과 약이 소용돌이치며 쓸려 내려갔다. 시원섭섭하다. 목숨을 끊을 자유가 있어 다행이다. 구차스럽게 억지로 생을 붙잡고 싶지 않다. 밑동까지 썩은 고목이 모질게도 오래 살았다.

방 안으로 들어왔다. 오늘이 며칠이더라? 달력을 보았다, 글자가 흐 릿하니 눈에 들어오지 않았다. 동공을 굴려 눈을 크게 떠보려 했지만 초점이 모아지지 않았다. 항상 등이 쑤시고 저렸는데 감각이 희미해졌다. 갈 때가 된 걸까?

마음이 급해졌다. 정신이 멀어지기 전에 문갑 앞으로 휠체어를 굴렸다. 온 힘을 모아 문갑 문을 열고 상자를 꺼냈다. 자꾸 손이 미끄러졌지만 "정식아 정식아" 불렀더니 실수 없이 고무신을 꺼낼 수 있었다.

고무신을 발에 꿰었다. 떨어트릴 것 같아 손아귀에 힘을 주고 제대로 신었다. 아무래도 정식이가 도와주는 것 같다. 고무신도 바닥으로 구르지 않고 발에 잘 신겨졌다. 이제 되었다. 아무 여한 없다.

순녀는 마른 가랑잎 같은 얼굴을 쓰다듬었다, 손이 올라가다가 아래로 축 쳐졌다. 아무 것도 안보였다, 이제 가는 건가? 숨이 잠시 헐떡여지더니 잦아졌다. 눈가가 축축해왔다. 아직도 흘릴 눈물이 남았나? 점점 아무 것도 들리지도 보이지도 않았다. 얼마 남았을까? 십 분 아니 일분.

고개를 바닥으로 툭 떨어트렸다. 심장 박동 소리가 멀어졌다. 이제 정식의 곁으로 갈 것이다. 흰 고무신을 신었으니 저승사자가 정식 옆으로 데려갈 것이다.

"여보. 할아범. 나 먼저 가요. 곧 뒤 쫓아 와요."

순녀는 입술을 달싹였다.

"애비야. 에미야"

가까스레 온 힘을 다 해 말을 밀어냈다.

"그동안 고마웠다, 애 많이 썼어."

순녀의 숨결이 완전히 끊겼다, 순녀의 영혼은 그네가 높이 치솟듯 정식이 있는 곳을 향하여 민들레 씨처럼 훠이 훠이 한없이 날아갔다.

노식은 병원 문을 열고 밖으로 나왔다. 4월이다. 곡우에 비가 안 오고 산간지방에 눈이 왔다니 이상한 날씨다. 이십 년 만의 큰 눈이라고 했다. 그 뉴스를 보면서 또 4월이 되었구나 싶었다. 평소엔 정식을 잊고 살지만 4월엔 안 떠 올릴 수 없다. 창창한 나이에 연애도 못하고 장가도 못 간 게 뼈저리다.

순녀가 꿈속에서도 정식을 못 잊기에 일부러라도 정식 얘기를 꺼내본 적 없다. 자식은 자식일 뿐이지 그로 인해 자신까지 불행에 발 담그고 싶지 않다.

오늘도 고뿔이 올 것 같아 내과에서 미리 주사를 한 방 맞았다. 순녀가 알면 오래 살려고 기 쓴다고 지청구 할 까봐 말없이 나왔다. 환한 세상 되었는데 누리고 싶은 건 당연하지 않은가? 원래 죽은 사람만 억울한 법인 게야. 산 사람은 살아야하지 않는가?

순녀에겐 결혼식 못 가서 화 난 척 하고 병원부터 다녀왔다. 애들이 같이 살기 힘들겠지만 아는 척 하기 싫다. 이런저런 신경 쓰면 의기소침해져 기죽을 것 같다. 백세 시대에 9988234하려면 돈은 생명줄이니 돈만이 관심사다.

노식은 공짜 지하철서 내려 종묘 쪽으로 슬슬 걸어갔다, 종로는 서울에서도 별로 크게 변하지 않았다. 몇 십 년 전 건물이 그대로인 곳도 있어 추억이 배어있다.

광장으로 가니 많은 노인들이 서성이고 있다. 황혼 휴게소다. 돗자리 깔고 바둑 두는 사람들, 그걸 구경하며 훈수하는 노인들, 무료로 영정사진 찍는 데서 차례 기다리는 무리들, 외진 곳에 삼삼오오 몰려 시국 토론하는 노인들, 무명 악사가 트럼펫 공연하는 것을 구경하는 사람들로 시끌시끌하다.

노식은 늘그막에 이곳 노인들과 정붙여 지냈다. 그나마 입성이 깨끗하고 용돈이 궁하지 않은 축들이다. 나이 많고 번듯한 과거 경력도 없어 약간 꿀릴 때도 있지만 그럭저럭 어울려왔다. 푸대 같은 옷만 입어 별명이 헐렁이인 영화감독 출신 윤 씨. 삐적 마르고 눈이 움푹 들어간 잡지사 기자 출신 박 씨. 건축해서 큰 돈 만져봤다는 최 씨. 보험회사 상무

출신으로 식구들이 외국 간 뒤 소식 끊겨 눈에 핏발이 서 있는 김 씨등이 패거리들이다.

　다섯 노인은 트럼펫 공연을 구경하다 점심때가 되어 자리를 이동했다. 광장에서 나와 건너편 좁은 골목 안으로 들어섰다. 단골로 다니는 이천 원짜리 잔치국수 집이다. 식당 주인이 화장실 옆 구석 자리로 안내했다. 언제나 지린 내 나는 곳으로 안내해 불만이 많지만 구시렁거리지 않고 정해준 자리에 앉았다. 노인 중에서 조금이라도 젊은 축이 들어오면 창 가 자리에 앉히는 것을 보고 언짢은 적도 있지만 이젠 그러려니 했다.

　국수가 날라 오자 다들 후루룩 들이켰다.

　"늙으면 뼈가 삭아 잘 먹어야 혀. 차려주는 사람 없으니 나라도 찾아 먹어야지"

　최 씨가 쭈글거리는 목소리로 운을 뗐다. 아내가 죽어 혼자 살고 있는 처지다.

　"임형이 여기서 제일이야. 며느리가 꼬박꼬박 밥상 갖다 바치잖아?"

　박 씨가 꼬장꼬장하게 끼어들었다.

　"맞네. 젊을 땐 몰랐는데 밥이 요물이여. 식구가 차려주는 밥상이 눈물 나게 그리워"

　최 씨가 얼른 맞장구를 쳤다. 노식은 어험하고 헛기침을 했다. 크게 한 자락 한 적은 없지만 현재로는 제일 우쭐한 형편이다. 휠체어에 앉아 있어도 마누라 있고 아들 내외가 버젓이 밥상을 갖다 주니 말이다.

　"거 저녁이 있는 삶인가 하는 선거 구호도 있지만 같이 숟가락 부딪치며 밥을 먹는다는 게 젤로 소중한거여."

　최 씨가 한탄조로 다시 덧붙였다. "젊을 때는 그걸 몰랐어. 다시 태어나면 퇴근하고 일찍 들어가 밥상에 둘러앉아 밥을 꼬박꼬박 먹을 텐데"

　박 씨가 회고조로 말을 뺐다."왜 젊을 땐 그런 게 눈에 안 들어 왔을까? 바빠 죽겠는데 집에 일찍 오라는 성화가 그렇게 듣기 싫었으니"

식구들이 외국으로 날라 외톨이인 김 씨가 거들었다

"자네도 식구들 따라 외국으로 가지 왜?"

윤 씨가 딱한 듯 혀를 찼다.

" 어디 있는지 몰라. 안 가르쳐주니 말일세."

김 씨가 배척당한 처량한 목소리로 하소연했다.

"자네가 돈 만질 때 잘해놨어야 하는데 속을 많이 썩였구먼."

노식이 어깨에 힘을 주며 위로하듯 말했다. 돈은 많지만 실버타운에서 혼자 버림받은 김 씨 처지가 자기보다 나을 게 없어 은근히 뻐겨지었다.

"누가 이리 될지 알았나? 가정에 등한한 벌을 받고 있어"

김 씨가 머리를 긁으며 말꼬리를 내렸다.

"자넨 얼굴에 우중충한 검버섯부터 빼. 그 많은 돈 뒀다 뭐에 쓰게? "

윤 씨가 김 씨를 부추겼다.

"이 나이에 무신"

"요즘은 늙어 보이면 지는 거라네. 세상 돌아가는 행태가 그렇다니까"

"나무꾼같이 태평한 소리일세. 백세 시대에 돈 아껴야지"

노식이 윤 씨 말을 단칼에 무찔렀다.

"임 형은 돈이라면 항상 벌벌 떨어."

최 씨가 핀잔주듯 윤 씨를 옹호했다.

"외로운데 장사가 없어. 요즘 절에도 가고 성당도 가고 교회도 간다네. 외로우면 정신착란이 올 것 같아 여기저기 헤매는 거야"

박 씨가 속내를 털어놨다. 노식은 국수를 건져 먹고 국물을 한 방울도 남기지 않고 들이켰다. 다른 노인들도 그릇 바닥이 보이도록 국물을 다 마셨다. 돈 주고 사먹는 건 누구라도 남기는 법이 없다. 백 세 시대에 아껴야 한다는 생각이 공통으로 꽉 차 있다.

"지금은 효자들 구경하기 힘들어. 박물관 유리창 안에나 가면 있을까?"

윤 씨가 갑자기 개탄조가 되었다

"고령화 시대에 같이 늙어가니 효를 강요 할 수가 없다네. 백 세 시대
엔 할아버지가 구십이면 아들이 칠십이고 손자가 오십이니 삼대가 양로
원이라네."

박 씨가 유식하게 단언했다. 다들 고개를 주억거렸다. 왠지 여기서부
터 심드렁해 말이 이어지지 않았다. 약속이나 한 듯 무기력하게 몸을 일
으켰다.

노인들은 거리로 나와 뿔뿔이 흩어졌다. 최 씨 윤 씨 박 씨는 볼 일이
있다고 횡단보도를 건너가고 김 씨와 노식만 남았다.

"우리 어디 좀 가세나"

갑자기 김 씨가 노식을 잡아끌었다.

"어딜?"

노식이 궁금한 듯 물어보자 김 씨가 손짓으로 건너편에 앉아있는 여
인들을 가리켰다. 알록달록 화려한 옷을 입은 오십대에서 육십 대 여인
들이 화장을 짙게 하고 무리지어 있다. 오가는 노인들을 열심히 살피는
여인들 쪽으로 김씨가 가깝게 다가갔다.

"적적 할 땐 말벗이 그리워서. (사이) 때때로 지하철서 미친 여자 데려
다 같이 살까 싶어지구."

"허긴 그렇겠네".

"임형은 집에 마누라 있으니 내 맘 모를꺼유."

"……."

"여잘 여자로 품는 게 아니라우. 그냥 살이 그리워서. 사람 냄새가 ."

"……"

"임형은 관심 없겠지 뭐. 여자들."

"……"

"그럼 어서 가보시게. 난 저쪽으로 건너 갈 테니"

김 씨는 서둘러 말을 마치고는 여인들 쪽으로 다가갔다. 노식은 잠시

서 있다 금방이 늘어서 있는 골목 안으로 들어갔다. 김 씨가 외로워하는 것을 보니 순녀 생각이 났다. 복은 아직 내 편 인 것 같다. 곁에 칠십 년 넘도록 동고동락한 배필이 있으니 말이다. 그동안 잘해주지 못 한 게 갑자기 걸려 금반지라도 껴주고 싶었다.

노식은 기세 좋게 금은방 문을 열고 들어갔다. 순녀가 흐뭇해 할 얼굴을 떠올리며 큰 소리로 "반지 하나 주시오" 했다.

장애별

최문영

　차가운 바람에 생각까지 얼어붙었나. 옷장의 이 칸 저 칸을 분주히 열어보며 마음만 혼란스러워졌다. 이제 막 가을이 되어 여름옷을 한꺼번에 빨아 정리한 지 며칠 되지 않았는데……, 아마 다른 이들도 속에는 겨울 내복 입었을지 몰라……, 그래도 가을 입구인데……, 옷장의 가을과 초겨울 칸에 담긴 옷들을 시큰둥하니 바라보다 현재 기온 섭씨 영상 3도라는 인터넷 정보에, 내복 칸을 열었다. 가을 입새의 영상 3도는 한겨울의 영하 10도 만큼이나 추웠다.

　가지런히 개켜진 내복들. 그런데 그 옆에 낯선 초겨울 옷들이 있지 않은가! 웬 횡재인가 싶은 생각에 옷을 잠시 바라보다, 이내 그 내력이 기억났다. 조심스레 옷을 꺼내 입었다. 옷은 편안하게 똑 떨어졌다.

　그 옷은 몇 달 전 봄에 장애활동보조 일을 하며 만났던 수정씨 옷이었다. 옷의 안감 하단에 '김수정' 이란 이름이 선명하게 새겨 있었다. 하루 스물네 시간 침대에 누워 생활하는, 몸무게 삼십 킬로그램쯤이라 생각되는 서른일곱 살 중증 장애인. 예전에 머물던 장애인 시설에서 사회복지사들이 쉽게 입히고 벗기려고 그녀 몸의 두 배 만큼이나 큼지막하게 입혔던 그 옷가지들을 버린다기에 몇 벌 냉큼 주워 왔는데, 이처럼 요긴할 수가 없다.

　갑작스레 날씨가 추워졌지만, 그래도 가을은 가을이던가.

출근길, 아파트 건물들 사이로 난 제법 넓은 산책길을 경비 아저씨들이 싸리 빗자루로 쓰는 모습에 가을이 있었다. 누렇게 물든 채 땅에 몸을 누인 은행 낙엽들이 쓸려갔다. 가을이면 흔히 볼 수 있는 풍경이다. 가을의 스산함은 한 때는 생명 가득한 초록이었다가 이제는 저렇게 내려앉은 한 생을, 고향인 자연이 받아 주는 신호라고 생각해 보았다. 후, 불면 훅 날아가 버릴 낙엽 사체를, 수고했다고 다독이며 맞이하는 우주의 교향악이 짙은 가을 대기 속에 투명 안개로 가득 퍼져 있었다.

아침 여덟 시 삼십 분, 약속 시간에 간신히 맞춰 도착한 초등학교 정문 주차장. 아영이가 저만치 엄마 손을 잡고 약한 다리로 뒤뚱거리며 현관 쪽으로 걸어가고 있었다. 숨을 헉헉 몰아쉬며 현관 앞 두 사람을 따라잡았다.

"왔다!"

엄마가 자기 신발을 갈아 신기려 막 쭈그려 앉는 동안, 서서 두리번거리던 아영이가 먼저 나를 알아봤다.

"죄송해요. 늦어서."

"아니에요. 저희가 좀 일찍 왔어요."

아영이 엄마가 웃으며 부지런히 아영이 신발을 실내화로 갈아 신겼다. 그 엄마를 보면 늘 마음 한 쪽이 무언가에 조금은 눌린다는 느낌을 받곤 한다. 신발을 바꿔 신기는 것도 내 몫이지만, 어차피 이리된 것, 아영이가 엄마의 손길 속에 좀 더 머물도록 모른 척했다.

우아영. 아영이는 아홉 살이지만 학교 생활이 힘들까봐 일 년 늦게 초등학교에 입학한 장애 아이다. 장애인이라고 하지만, 엄밀히 말하면 장애인과 비장애인의 경계에 있어, 보는 사람마다 약간씩 다르게 평가할 수 있는 애매한 아이이다. 얼핏 보면 다리가 불편한 아이이고, 막상 함께 생활하다 보면 지적인 부분도 조금은 부족하다는 느낌이 드는 그런 아이이다.

여덟 시 사십 분, 아영이를 포함한 1학년 1반 아이들이 줄넘기와 실내화 주머니를 들고 운동장으로 향했다. 월요일이면 으레 하는 행사이다. 한창 뛰어놀기 좋아할 아이들이지만, 요즘 같이 추운 날씨는 그 몸의 열마저 식혀 버렸는지 아이들은 굼벵이마냥 행동이 느리기만 했다.

아영이가 있는 힘껏 줄을 한 바퀴 휘 돌렸다. 그러고는 가지런히 모은 양 발 앞에 가만히 늘어뜨리고는 늘 그랬던 것처럼 한참을 응시했다. 다른 아이들이 열 번 이상 줄을 넘는 동안 그렇게 응시만 하다 나름의 기를 모았는지 힘껏 다리를 들면서 '의차!' 혼자 기합까지 넣으며 줄을 넘었다. 이번에도 왼쪽 발뒤꿈치가 살짝 줄에 걸렸다. 왼쪽 다리가 특히나 더 약한 것이 줄넘기 할 때도 나타났다. 아영이가 빙그레 웃으며 나를 쳐다봤다. 줄을 넘었는지 안 넘었는지 판단을 묻는 것이다.

순간 생각이 오갔지만, 아영이 기분을 생각하여 성공이라 말하기로 했다. 어차피 인생에는 운이라는 것도 따르는 법이니까.

"한 번! 자, 한 번 넘었어."

아영이가 환히 웃고는 온 팔을 휘두르며 두 번째로 줄을 휘 돌렸다. 그런데 이런, 머리를 뒤로 묶은 곳에 줄이 그만 걸려 버렸다. 아영이는 양팔을 자유형 수영하듯 휘저으며 울상을 짓고는 '뭐야아!', 작게 울부짖었다.

줄을 내려 주자, 제 맘대로 되지 않는 상황에 화가 났는지, 나풀나풀 뛰며 잘도 넘는 아이들이 부러웠는지, 아영이는 양손에 손잡이를 잡고 줄을 자기 발 앞에 늘어뜨린 채 돌리지도 않고는 그냥 제자리에서 뛰었다. 다른 아이들이 줄넘기를 하듯이.

"아영아, 그러면 안 돼. 줄넘기는 줄을 돌려 넘어야지."

마음 한 귀퉁이가 살짝 아렸다.

아영이의 주요한 신체적 문제는 약한 다리였다. 아영이와 함께 한 지일 년 가까운 시간이 흐르며 조금 이상하다는 생각이 들기도 했지만, 표면적으로는 다리 때문에 일상의 많은 것들이 불편했다. 그런데 다리가 약한 만큼 이상하리만치 팔 힘이 셌다. 마치 다리에 갈 힘을 팔이 빼앗아 간 마냥 딱 그만큼이었다. 유연성 부족으로 팔 힘을 조화롭게 사용하지는 못했지만, 비뚤게 닫혀, 더 이상 닫히지도 열리지도 않는 양치 뚜껑을 아영이는 그냥 힘으로 해결해 버렸다. 그 장면을 봤던 사람은 '왜 이렇게 힘이 세?' 라며 지나가는 말을 하기도 했다.

수정씨도 그랬다. 힘의 정도는 다르지만. 수정씨는 다리를 전혀 쓰지 못하는 대신 팔 힘이 자신도 통제하지 못할 정도로 셌다. 저도 모르게 팔을 휘 둘러 치면 옆에 있는 사람이 다치기 일쑤였다. 하여 늘 팔을 끈으로 바짝 묶어 놓고 생활해야만 했다.

수정씨 집에 근무하러 가던 첫째 날, 무척이나 긴장했었다. 누군가의 대소변을 제대로 치워본 적이 없는 상태에서, 침상 대소변을 받아내야 했기 때문이다. 얼마나 기도했던가. 자신의 치부를 모두 보여야 하는 이의 감정을 상하지 않게 해 달라고. 누군가의 인격을 다치지 않게 해 달라고.

대소변 통을 깨끗이 씻어, 수정씨 침대의 발치에 올라가 다리를 조심스레 모아들고 엉덩이 밑으로 밀어 넣었다. 그러고는 또 조심스레 두 다리를 한쪽으로 모아 내렸다.

수정씨는 고관절이 없는 사람이었다. 하여 두 다리를 아주 조심스레 다뤄야 했다. 세상에 고관절 없는 사람 있냐고 하겠지만 수정씨는 없었다.

몇 해 전인가 시설에 있을 때 고관절이 빠졌다고 했다. 인근 정형외과 의사가 무료로 수술해 주겠다고 하여 수술을 받았는데, 막상 깨어나 보니 고관절이 없어졌단다. 의사가 아예 고관절을 빼 버렸기 때문이다.

두세 시간이면 끝난다던 수술이 여섯 시간을 훌쩍 넘기는 동안 아주 많은 일이 일어났다. 고관절도 고관절이지만, 다리 여기저기에 칼자국이 붕대로 덮여 있었다. 다리를 어떻게든 펴 보려 했다는 것이다. 살을

드문드문 찢고 그 속에 있는 뼈를 잡아당기면 어떻게 될 줄 알았던 모양이다. 나중에 대형 대학병원에서 알게 되었지만, 고관절뿐만 아니라 고관절 가까이 있는 대퇴부 다리뼈들까지 십 센티미터 가량 잘려 나가고 없었다. 아마 그때 그 다리 펴기 실험을 쉽게 하기 위해서였을 거라고 수정씨와 나는 추측해 보았다.

선천성 뇌성마비 장애가 다리를 펴기만 해서 쉬이 고칠 수 있는 병이라면, 왜 뇌에 문제가 있다는 뇌성마비란 이름이 붙었겠는가. 보살펴 줄 부모가 없고 가족이래야 중국에 돈 벌러 가 있는 남동생이 전부인 취약층 장애인이기에, 그 의사가 평상시 생각했던 생체 실험을 하기에 적당한 대상이었을 게다.

게다가 수정씨의 모난 성격으로 인해 시설 안에는 수정씨 편을 들어줄, 수정씨를 위해 바른 소리를 해 줄 복지사가 단 한 명도 없었다는 것도 문제였을 것이다.

그 후 수정씨는 고관절 없이 늘 누워 살았다. 그 전에는 그래도 휠체어에 앉아 컴퓨터 앞에서 워드 작업도 했는데, 그때부터는 볼펜 껍데기 끝에 스마트폰을 인지할 수 있는 센서를 달고는, 입으로 그 볼펜을 물고 카톡을 하고 인터넷 쇼핑을 했다. 나중에 믿을 수 있는 장애인자립생활센터 직원의 도움을 받아 그 병원을 상대로 소송을 내 보려 했으나, 소송 가능한 시기를 이미 넘긴 상태였다.

수정씨 옆에서 대소변을 받아내고 밥을 차려 주고, 방청소와 욕실청소, 설거지를 하면서 스물다섯 시간을 보낸 후 귀가했다. 하늘을 날아갈 듯 기뻤다. 솔직히 누군가를 도와주었다는 것보다는, 주말 스물다섯 시간 근로에 대한 대가로 이십만 원을 받을 수 있었기 때문이다. 그리고 무엇보다도 해볼 만한 일이었다는 것이다. 시간 내내 잘 보냈고 귀가 인사를 할 때 수정씨 얼굴이 밝은 것으로 보아, 틀림없이 후한 평가를 해 줄 거라 믿어 의심치 않았다.

"선생님, 우리 2교시에 명절놀이 하러 운동장 갈 거예요."

아영이 담임 선생님은 운동장 수업이 있거나 아영이가 감당하기 힘든 교실 수업이 있을 때 미리 귀띔을 해주곤 했다.

그날은 아영이 손에 비석놀이 인쇄물이 들려 있었다. 인쇄물을 보며 놀이 방법을 익혀 아영이에게 가르쳐 주었다. 그런데 첫 게임부터 문제가 생겼다. 두 발목 사이에 자기 비석을 끼우고 깡충깡충 뛰어서는, 세워 놓은 상대방 비석 가까이에서 그 비석을 자기 비석으로 쳐서 넘어뜨려야 했는데, 아영이는 그게 어려웠다. 결국 두 무릎 사이에 비석을 끼우고 가기로 했다. 두 발을 모아 뛰는 것이 어려워 아영이는 그냥 걷기로 했다.

진짜 문제는 그 다음에 일어났다. 상대방 비석 아주 가까이 가서 나름 정중앙으로 조준을 했는데 실패한 것이다. 아영이는 단 한 번의 실패에 인상을 구기고는 울 것 같은 표정으로 짜증을 냈다.

"나는 다리가 불편한데 이런 걸 하면 어떡해?"

팔 동작까지 해가며 원망 섞인 말을 따발총 같이 씩씩거리며 뱉어냈다.

"그래서 할 수 있는 방법으로 했잖아."

"하지만 쟤를 이길 수 없잖아."

맙소사! 아영이가 손가락으로 가리킨 '쟤'는 비석이었다. 하다하다 나무토막 비석을 상대로 승부욕이 발동할 줄이야.

"아니, 이건 그냥 놀이야. 비석을 왜 이겨야 하는데? 맞힐 수도 있고, 못 맞힐 수도 있는 거지."

내 말을 듣고 몇몇 아이들이 다가왔다.

"나도 몇 번 만에 맞혔어."

"나는 아예 못 맞혔어."

"그치? 이건 그냥 재미있게 노는 거지?"

아이들의 말에 내가 한 마디 거들었고, 그 말에 아이들이 고개를 끄덕였다.

수정씨의 승부욕은 아영이와는 조금 다른 것이었다. 지적인 인지는 있었지만, 어눌한 발음 때문에 잘 알아듣지 못하면 짜증난 얼굴로 눈초리를 치켜뜨곤 했다.

근무 둘째 주였다. 첫 번째 근무가 끝나며 가졌던 환상은 여지없이 깨졌다. 차디찬 수정씨 얼굴과 마주했다. 수정씨는 자기 휴대폰으로 알람을 맞추어 놓고 장애활동보조인들이 근무하는 동안 처리해야 하는 바우처 카드 결제 시간을 친절하게도 알려 주었다. 마치 가정부를 부리는 주인집 마나님처럼. 그 카드는 근무를 시작하고 여덟 시간마다 결제 처리를 해야 제대로 근로 시간이 반영되는 까닭에 시간을 넘기면 일한 사람이 손해를 입게 되어 있었다. 내가 알아서 알람을 맞추어 놓았지만, 성격 자체가 좀 늦을 수도 있고 좀 손해 볼 수도 있다는 나름의 개똥철학을 가진 까닭에 그 시간이란 것에 그다지 예민하지 않았다. 게다가 근무 수당을 추가로 지급받는 야간 할증 시간이 언제부터 언제까지인지도 잘 몰랐다. 그냥 장애인자립생활센터에서 대략적으로 말해준 만큼 받겠거니, 라고 생각할 따름이었다.

이것이 수정씨의 먹이 거리였다. 첫 번째 비아냥이 날아왔다.

"아, 니, 그 그거또 하 학인 안해 떠요?"

"센터에서 아 알려주지 아나떠요?"

수정씨는 얼굴에 비웃음을 머금은 채 비아냥거렸다. 알아듣기 힘든 발음이었지만 아주 날카로웠다. 그 다음부터는 마치 자신이 일일이 가르쳐 줘야 할 사람을 만난 마냥, 비장애인들은 왜 이리도 덜떨어졌어, 라는 식으로 다가왔다.

수정씨를 위해 평일에 일하는 장애활동보조인이 그 며칠 전에 전화를 걸어 왔다. 잠시 야채 사러 나온 길이라 했다.

"수정씨가 예전에 시설에 있을 때 많이 당했나 봐요. 시설에 있던 동생들이 억울하게 복지사들에게 당하면 그걸 항변하다 매도 맞고 방바닥을 기기도 했대요. 살아남기 위해서요. 그러니 이해해요. 나는 그냥 모든 걸 수정씨에게 맞춰요."

수정씨의 승부욕은 그녀가 살아온 삶에서 생성된, 비장애인들을 상대로 한 것이었다. 폐쇄적이고 암울한, 그러면서도 비장애인들에게 어쩔 수 없이 도움 받아야 하는 이의 비굴함과 적개심이 섞여 지극히 교만의 한 단면을 이루는 그 무엇이었다.

근무 셋째 주였다. 바우처 카드를 찍고 나서 바로 일을 시작하려 하자, 이번엔 엉뚱한 말이 날아들었다.

"도 도니, 어 얼마나 피료해요?"

"네? 무슨 말이에요?"

"도니 어 마 나 피료하냐구요!"

귀찮게 두 번이나 말하게 하는 것에 대한 짜증과 교만이 섞인 표정과 말투였다.

수정씨로부터 야간 할증 시간도 확인 못했다고 무시를 당하고 나서, 센터에 전화를 걸어 정확한 시간대를 확인해 볼 겸 급여를 확인한 다음 날이었던 것 같다. 모든 걸 수정씨에게 맞춘다는 장애활동보조인과 통화를 했었다. 이러 이러했었고, 그래서 이러 이러한 것을 확인했노라, 이런 말쯤을 했다. 그런데 그 말이 이번에는 수정씨에게 이상하게 전달된 것 같았다. 내가 너무 너무 돈이 필요해서 급여까지 확인해 보았다는, 최소한 그렇게 해석할 수밖에 없는 말을 들은 것이다.

그 순간 내 눈에 수정씨는 사지가 불편하여 누워 있는 중증 장애인이 아니라, 자신이 그렇게도 좋아해서 몇 개 안되는 서랍장 한 구석을 버젓이 차지하는 목걸이와 귀고리를 차고 우아한 옷을 입은 채 침대에 다리 꼬고 앉아 휴대폰을 뒤적이며 '당신, 돈 얼마나 필요해?' 라고 말하는 귀부인이었다.

'수정씨가 그렇게도 돈이 많나?'

'그래서 눅눅하고 벌레들이 많이 기어 다니는 이런 집에 사나?'

그 후 한동안 그 환상과 생각에서 깨어날 수 없었다. 아마도 근무할 수 있는 시간을 더 줄 수 있어, 쯤의 말이었겠지만, 사실 그 돈이 수정씨 돈도 아니고 나랏돈인데다, 내가 돈 필요하다고 말한 적도 없었는데.

그러고 보면 지나치게 깔끔한 것도 그 승부욕 중 하나일 거라는 생각을 하곤 했다. 본인은 입만 움직이면 되고 남의 손과 발을 빌리는 것이라, 엄밀히 말하면 그 사람의 깔끔함이라 말할 수도 없는 것이지만 말이다.

"방 좀 깨 깨끄치 다 다까주세요."

무슨 말인지 몰라 얼떨떨해 하는 내게 수정씨가 말했다. 내가 주말 일을 마치고 돌아간 후 평일에 일하는 장애활동 보조인이 돌아왔을 때, 머리카락 한 올을 발견했노라고. 그럴 리 없다고 말하는 내게 수정씨는 눈에 독하게 힘을 준 채 쏘아 보았다.

"서생님. 누 누니 이상한 거 아니에요? 나도 바떠요."

노안이 온 것은 사실이지만, 머리카락 한 올을 발견했다고 저 야단이라니. 머리카락으로 치자면 침대에서 흘러내린 수정씨 것일 수도 있고, 움직이다 보면 빠질 수도 있는데, 하루 종일 걸레 들고 다니며 방바닥의 머리카락만 바라봐야 하다니. 그만큼 수정씨는 '참, 깔끔하네요.' 라는 말을 좋아했고, 그 말을 들을 때면 얼굴에 득의양양한 웃음을 가득 피워 냈다. 그것이 수정씨가 살아 있다는 존재감을 느끼게 하는 것이고, 그녀 나름의 승부욕의 표시일 거라고 확신했다.

아영이가 3교시 끝나고 책을 사물함에 가져다 놓으려 일어나 움직였다. 무릎을 완전히 펴지 못한 채 살짝 구부정한 다리로 버티느라 상체의 복부가 다른 아이들보다 앞으로 많이 튀어 나온 채였다. 보통 때처럼 땅바닥을 보지 않고 걷던 아영이, 갑자기 휘청하더니만 앞으로 넘어질 뻔했다. 그리고는 별안간 자신이 서 있던 옆 자리에 앉은 여자 아이에게 버럭 화를 냈다.

"서현아! 그러면 어떡해!"

아마도 서현이가 책상 옆에 걸려 있던 가방으로 자신을 밀었다고 생각하는 모양이었다. 복도에서 이 모습을 바라보다 급히 교실로 들어갔다.

"아영아, 밑을 보고 걸어야지. 지금 통로 양쪽으로 이렇게 가방이 두 개 걸려 있잖아. 아영이가 보지 않고 걸어서 넘어질 뻔 한 거야. 서현이는 잘못 없어."

아닌 밤중에 홍두깨라더니, 느닷없는 상황에 어안이 벙벙해 하던 서현이는 이내 상황을 눈치챘는 지 아무 말 없이 평시 상태로 돌아갔다. 자신이 오해했다는 것을 확인한 아영이도 무안한 듯 씩 웃으며 가던 길을 계속 갔다.

그리고 보면 인생이란 참으로 무상하다는 것이 초등학교 1학년 교실에서도 확인된다. 아영이가 이렇게 미안할 일이 있는 아이들이 가끔은 아영이에게 상처를 주기도 하니 말이다.

며칠 전에 있었던 일이다. 같은 반 미선이란 아이가 수업 시간 중에 갑자기 큰 가위와 밤 같은 것을 들고 아영이 곁으로 갔다. 아이들은 도안에 색칠하기를 하는 중이었고, 선생님은 다른 수업 자료를 준비하느라 두 아이만을 볼 수는 없을 때였다. 미선이가 아영이에게 뭐라 뭐라 하더니만 가위의 날카로운 끝으로 밤을 파내는 듯한 모습이 창문을 통해 복도에 서 있는 내 눈에 보였다. 잠시 아영이의 화난 표정이 보이고 이내, 미선이가 눈을 부라리며 입을 삐뚤게 내밀고는 그 큰 가위의 윗부분을 오른 손으로 움켜쥔 채 아영이 눈을 향해 사선으로 내리찍었다. 순간 교실 뒷문을 다급히 열고 들어갔다. 아영이가 얼굴을 피하는 것이 보였다. 미선이가 자리로 돌아가자 아영이가 벌겋게 달아오른 얼굴을 내쪽으로 돌리는 것도.

그날 그 일련의 일을 아영이 엄마에게 전달했고, 아영이에게서 상황을 다시 확인한 그 엄마로부터 좀 더 자세한 내막을 전화로 들었다. 미선이가 밤과 가위를 갖고 와서는, '너는 이런 것 못 까지?' 라고 했다는 것을. '못 깐다' 는 말이 무능력으로 들리면서 화가 난 아영이가 나름 대응하느라 한 쫑알거림이 미선이 감정을 건드렸을 거라는 것도. 엄마가 그럼 왜 큰 소리로 말하지 않았느냐는 말에, 아영이는 단 한 마디를 말했단다.

"무서워서."

그날 저녁 그 엄마가 담임 선생님께 상황을 전달하면서 잘 부탁드린다고 말하고 난 다음 날, 교실에는 스산한 가을날만큼이나 스산한 기운이 스멀스멀 기어들었다.

복도에 서 있는 나를 향해 은근 노골적으로 화난 감정을 담은 눈을 치켜뜨는 아이, 아영이가 서 있는 곳을 지나치며 일부러 비좁다는 듯이 아영이를 몸으로 슬쩍 밀치는 아이, 교실의 풍경은 그랬다. 특히 미선이와 같은 방과 후 수업을 듣는 아이들은 평시에는 저들끼리 티격태격하면서도 막상 그날은 아영이에 대해 집단으로 배타적인 태도를 드러냈다.

아영이가 수업 시간에 공부한 학습지를 선생님 자리에 갖다 놓으려 쉬는 시간에 불편한 다리로 걸어갔다. 학습지를 책상 위에 놓고도 자기 자리로 돌아오지 않고 가만히 서 있었다. 교실로 들어간 내게 아영이는 말했다. 학습지를 놓는 데 어떤 여자 아이가 자기더러 '저리 가!' 라고 했다고.

그 직전 수업시간에 '몽몽이 숲에서 두 마리 박쥐가 말한 고운 말'을 찾는 수업을 했지만, '저리 가!' 가 딱히 미운 말도 아니었지만, 그 말을 듣는 아영이 가슴에는 가시 하나가 박혔나 보았다. 고운 마음이 없이 머리로 익힌 고운 말은 그래서 쉬이 벗겨지는 가면일 지도 모르겠다고, 생각했다. 비장애 아이가 들었다면 그대로 대들며 싸웠을 텐데, 아영이는 스스로를 곰삭히며 참아내는 길을 선택했다.

아영이가 점심 시간에 색연필 세트를 들고 뒤뚱거리며 사물함 쪽으로 걸어갔을 때는 풍경이 더욱 볼만했다. 남자 아이 둘이 앉아서 놀고 그 옆에 다른 남자 아이가 교실 바닥이 자기 집 안방인 마냥 쭉 엎드려 있었다. 아영이 사물함 바로 앞이었다.

내가 교실로 들어가 아영이에게, '미안하지만, 좀 비켜줄래?' 라는 말을 하라고, 남자 아이들이 충분히 들을 수 있는 목소리로 말했다. 사실 아영이가 몰라서 그 말을 하지 않은 것은 아니었다. 언젠가부터 자신을 밀어내는 듯한 분위기 속에 형성된 소심함 때문이었다. 아이들은 바로 옆에 있었으니 소곤소곤 말해도 들리는 위치였지만, 내 말을 듣고도 비키지 않았다.

아영이는 더 이상 아무 말 하지 않고 엎드려 있던 아이의 다리를 비켜가며 사물함 문을 열려 했다. 그 순간 아영이가, 엎드린 남자 아이 다리 위에 자신의 한쪽 다리를 걸친 채 엎어졌다. 점심 배식을 도우신 후 교실 청소를 하시던 도우미 할머니는 그 모습을 보고 '아프겠다!' 라고 말했고, 나는 어이없는 마음을 누른 채, 아영아, 좀 비켜 달라고 했어야지, 라며 한 소리 했다.

아이들을 향한 말이었지만 아이들은 알아듣지를 못했는지, 한 아이가 공격적인 말을 뱉었다.

"그러게. 우아영. 엎드려 있는 아이가 너 때문에 더 아프겠다!"

아영이는 억울한 마음이 있어서인지, 질세라 빠른 말로 쫑알거렸다.

"야! 이렇게 엎드려 있잖아."

"이게, 씨, 내가 야냐?"

남자 아이가 씨근덕거렸다.

'너가 감히 장애인인 주제에 우리를 고자질했어?'

그 말은 마치 그렇게 들렸다.

장애인……. 그리고 장애인 화장실…….

몇 달 전이었다. 아영이가 화장실에 갔을 때였다.

아영이 스스로 장애인이라는 의식을 하지 않기를 바라는 그 어머니 부탁도 있었고 다리가 심하게 불편하지도 않은지라, 평시에도 장애인 화장실이 아니라 일반 화장실에서 볼 일을 보도록 했었기에 그날도 일반 화장실 쪽으로 걸어가고 있었다. 같은 반 여자 아이 서넛이 화장실로 들어오더니, 손가락으로 장애인 화장실을 가리키며 말했다.

"장애인 화장실은 이 쪽인데요! 선생님이 그러셨어요."

아영이가 상처받을까봐 그 부모가 아직 아영이에게 '장애인' 이란 말 조차도 한 적이 없을 때였다. 아영이도 장애인이 무슨 의미인지, 자신이 장애인인지도 몰랐다. 담임 선생님께도 그 부분에 대해 나름 부탁을 해 놓은 상태였다. 아영이가 서서히 자라면서 준비가 되었다고 생각될 때 말을 해 줄 참이었다. 당시 여자 아이들이 그 부분을 알고 의도적으로 공격한 것인지, 아니면 모르고 한 행동인지는 모르겠지만, 분명한 것은 내 기분이 그리 썩 좋지 않았다는 것이다. 그리고 이미 두 번째 되풀이 되는 일인지라 그 상황에 대응할 말을 준비하고 있었다.

"그런데 왜 그 말을 내게 하지?"

여자 아이들은 갑자기 예상치 못한 상황에 봉착했는지 고개를 갸웃거리는 행동을 하고는 화장실을 나갔고, 여자 화장실 밖에서 같은 반 남자 아이들 몇이 키득거리는 표정으로 안을 들여다보고 있었다. 그렇게 미리 각본을 짜 놓은 듯 움직이던 때가 있었다.

스산한 기운은 미선이가 사건을 일으킨 그 다음 다음 날에도 여전히 배어 있었다. 점심 식사를 마친 미선이가 보온 물통을 들고 물을 마시며 복도로 나왔다. 내 가방과 보온 물통이 놓인 유리창 틀 가까이에서 자신의 보온 물통을 들으라는 듯이 창틀에 세게 내리치며 놓았다. 잠시 굳은 표정의 몇 초가 흐르고, 미선이는 자기 물통을 다시 들고 도서관 쪽으로 걸어갔다.

나를 째려봤던 같은 반 남자 아이는 운동장에 가려는 듯이 신발 주머니를 들고 나가다가 미선이를 보며, '내일 내가 너랑 놀아줄 게.' 큰 소리로 말하고는 계단 쪽으로 달려갔다. 그 시간 아영이는 교실의 자기 책상에 앉아 5교시에 공부할 교과서를 펴고 가방을 미리 싸면서 끼리끼리 어울리는 다른 친구들을 부러운 표정으로 둘러보며 시간을 보냈다.

바로 그날 하교 시간, 아영이 손을 잡고 교실을 나와 계단을 향해 걷다가 화장실 앞을 지나칠 순간이었다. 예의 째려봤던 남자 아이가 아영이를 향해 뭐라 뭐라 했고, 농담과 진담을 잘 구분 못하는 아영이는 한때 짝꿍이었던 남자 아이의 말을 당연 친근한 농담이라 생각했는지 웃음 가득한 표정으로 쫑알대었다. 잠시 후 남자 아이 입에서 '너, 주' 라는 단어가 나옴과 동시에 나와 눈이 마주쳤다. 그러자 험악하게 일그러진 그 아이의 입에서 전혀 알아듣지 못할 말이 튀어 나왔다.

"너, 주울땡?"

아영이도 나도 무슨 말인 지 알아들을 수 없는 그 말이 원래는 '너, 죽을래?' 였다가 나와 눈이 마주치며 순발력 있게 변형된 말임을, 버스를 타고 퇴근하면서 몇 번을 곱씹은 끝에 알 수 있었다.

그래도 아이들은 아이들이던가.

며칠 새 시간이 흐르며 스산함이 구멍 난 타이어에서 공기가 빠지듯 빠져나갔다. 그 구멍은 아마도 아이들의 순수함일 게다. 비석 놀이 할 때는 아영이를 찾아와 친절하게 위로했고, 가방으로 밀었다고 오해한 아영이를 이해했던 것도 그 순수함 때문일 게다.

5교시가 시작되기 10분 전, 예비종이 울렸다. 아영이 자리에 가서 책상 서랍을 점검했다. 파일에 끼워야 할 학습지가 있었다. 아영이는 자리에 앉은 채로 그것을 손에 들고는 내게 쭉 내밀며, '이거 파일에 꽂아야 해.' 라고 말했다. 옆에 서 있던 한 아이가 그것을 가져다 파일에 대신 꽂아주려 했다. 내가 얼른 제지하고는 '아영이 건데 아영이가 해야지.' 라며 학습지를 아영이 손에 들려 파일 있는 곳으로 보냈다. 아영이는 '좀 도와줘도 되잖아.' 라는 표정으로 잠시 쭈뼛거리더니 느린 걸음을 걸었다.

아이들의 파일은 교실 우측에 번호 순서대로 세워져 있었다. 아영이가 자기 파일을 꺼내서는 어설프고도 느린 동작으로, 왼손으로는 파일 속 비닐을 잡고 오른손으로는 학습지를 만지작거리며 끼우는 척을 했다. 그 손은 학습지가 잘 안 끼워진다고, 대신 좀 해달라고 그렇게 말을 했다.

'다시 해 봐!' 라며 아영이의 왼손과 오른손을 하나하나 짚으며 가르쳐 줬으나, 그 손들은 굼뜨기만 했다. 전혀 움직이고 싶지 않다는 듯.

나는 독하게 밀어붙이기로 마음먹었다. 그 순간 5교시 시작종이 울렸다. '아영아, 자리로 가서 해.' 단호하게 말하고는 파일과 학습지를 아영이에게 들려 자기 자리로 보냈다. 돌아가는 아영이 얼굴이 울 것 같았다. 도와주지 않는 것에 대한 원망의 마음이 가득 담겨 있었다. 하지만 어쩐 일인지 '이렇게 힘든 척을 해도 왜 도와주지 않지?' 쯤으로 그 마음 바닥이 읽혔다.

아영이는 자리에 앉지도 않고 서서 파일에 학습지를 끼우기 시작하다가 이내 울상을 한 채 내가 서 있던 교실 뒷문 쪽을 쳐다보았다. 나는 아예 문을 닫고 복도로 나와 버렸다.

그런데 담임 선생님께서 5교시 수업을 막 시작했기 때문일까. 아니면 다급한 상황이 어떤 에너지를 만들어 낸 것일까. 복도에서 창문을 통해, 그때까지 보지 못한 아영이 행동을 보았다. 아영이가 부리나케 두 손으로 파일 속 비닐을 적극적으로 들추며 학습지를 끼우는 것을. 아주 짧은 시간이었다. 무사히 완성했는지 학습지를 끼운 비닐 모서리를 잘 마무리하는 모습까지. 흐뭇한 표정을 짓는 것까지도.

그렇게 순식간에 할 일을 제법 긴 시간 동안 줄다리기를 하며 기 싸움을 했다. 누군가에게 도움 받으려는 아영이의 시간을 어떻게든 줄여야겠다고 생각했다.

수정씨 일을 그만두던 날이었다. 수정씨 평일 장애활동보조인이 이런 말을 했다.

"수정씨처럼 인지가 멀쩡한 장애인들이 얼마나 못 됐는지 몰라요. 사람들 머리 꼭대기에 올라서는 부려먹어요. 어떻게 하면 자신들이 가장 편한 지를 너무나 잘 알고 있어요."

그 편해지는 대가로 수정씨는 하루 스물네 시간 침대에 누워 지내는 편안함을 얻어낸 걸까. 수정씨의 고관절이 빠졌던 이유는 거의 다리를 움직이지 않아 다리 근육이 빠졌기 때문이라고, 그런 상태면 고관절을 끼워 넣어도 자주 빠질 거라고, 그리고 계속 수술 비용이 들 거라고, 일부러 고관절을 빼 버리는 장애인들도 있다고, 대퇴부 뼈가 잘린 것을 확인해 준 대학병원 의사가 말해줬단다.

어차피 떠날 사람에게 하는 말이라 그런지 평시와는 달리 분한 감정이 섞인 보조인의 말을 들으며 만감이 교차했다.

언젠가 수정씨는 자신이 머물렀던 시설의 복지사들에 대해 말한 적이 있었다. 이유 없이 장애인들을 학대했다는 분위기를 풍기는 내용이었다. 순간, 수정씨가 시설에 있을 때 살아남기 위해 방바닥을 기기까지 했다는 말을 전해주던 평일 장애활동보조인의 말이 생각났다. 수정씨를 동정하곤 했던 그 말이 떠오름과 동시에, '뭔가 말투가 이상한데……, 미끼가 있는 낚싯줄을 던지는 느낌인데.' 라는 생각을 하면서 쳐다 본 수정씨 얼굴에는 묘한 표정이 얽혀 있었다. 곁눈질로 나를 흘겨보던 그 얼굴은, 왠지 그 다음에 이어질 대화 내용이, 자기편을 들어 줄, 자기와 뜻을 함께 해서 시설 복지사들을 욕을 해 줄 사람을 구하고 있었다.

"그 사람들, 알고 보면 엄청 힘들어요."

그때껏 수정씨를 겪어 보기도 했고, 누구의 편도 들고 싶지 않았던 내 말이었다.

"하지만 겨우 여덟씨간 이라고는 퇴, 퇴그니자나요."

"네? 겨우라구요?" 놀란 채 그 말을 한, 내 마음을 읽은 것일까? 수정씨는 우물쭈물 말을 얼버무렸고 대화는 끊겼다. 그리고 다음 날 일요일에 수정씨는 그 보복을 했다.

여느 때처럼 토요일 밤에 수정씨 집에서 자고 아침에 일어나 수정씨의 대소변을 받아낸 후 세수시키는 시간이었다. 세숫비누 칠을 한 물티슈와 물을 받은 대야를 함께 가지고 갔다. 수정씨의 세수는 물에 적신

물티슈에 비누칠을 약하게 해서 물기를 적당히 짠 후 얼굴을 닦아 내고, 그런 후, 손에 물을 묻혀 아기 세수 시키듯 다시 씻겨 주는 것이었다. 그런데 수정씨가 그날따라 신경질을 내며 짜증난 얼굴로 고개를 획 옆으로 돌렸다.

"에이씨, 무리 너무 만차나?"

물티슈를 제대로 적당하게 짜지 않았다는 것이다.

"지난 번에 너무 많이 짜서, 세수한 느낌이 없다 해서 그랬네요. 미안합니다."

수정씨는 인상을 있는 대로 구겼다.

그날 수정씨에게 미처 못 해준 말이 있다. 중증 장애인들을 상대로 수정씨가 생각하는 그 '겨우'에 불과한 일을 하느라 누군가는 약봉지를 달고 살기도 한다고 말이다.

수정씨 집 주방 서랍장 한 칸에 그득했던 약봉지들. 겉봉에는 평일에 일하는 보조인의 이름이 적혀 있었고, 수정씨 방에 걸려 있던, 그 보조인이 얻어 왔다는 달력에는 무슨무슨 신경외과란 이름이 선명하게 찍혀 있었다.

장애인들은 자라면서 또 다른 수정씨가 되기도 하고, 비장애인들도 존경하는 인물이 되기도 한다. 아영이만큼은 자라서 수정씨가 되지 않기를 바랐기에, 어떻게든 혹독하게 훈련시켜야겠다고, 누군가에게 의지하려 하지 않는 이가 되도록 도와야겠다고 생각했던 것이다.

아영이가 하교 시간이 되어 가방을 메고 교실 뒷문으로 다가왔다. 뒷문에는 남자 아이 둘이 서로 마주보며 서 있었다. 뭔가 재밌는 얘기를 하는지 아영이에게 등을 보이며 서 있던 한 아이가 팔짝팔짝 뛰기까지 했다. 순간 아영이에게서 날카로운 말이 튀어 나왔다.

"내가 나가고 있는데, 그렇게 앞에서 뛰면 어떡해?"

헉! 복도에 서 있던 나는 '아영아!' 난감한 외마디 말을 하며 다가갔다. 남자 아이에게는 미안한 마음을 담아 사과했다. 그 아이는 마치 당연히 이해한다는 듯 순한 얼굴로 미소 지으며 자기 자리로 돌아갔다.

급히 아영이를 데리고 화장실로 가면서 잔소리 아닌 잔소리를 늘어놨다. 친구들을 모두 적으로 만들 셈이야?, 에서부터, 아영이가 움직이면 다른 아이들이 모두 알아서 척척 비켜줘야 하나? 본인이 비켜야지, 는 물론이고, 다른 아이들이 어떻게 생각하겠어!, 까지 일장 연설을 했다.

화장실에 도착하여 아영이 앞에 쭈그려 앉아, 친구들이 아영이를 싫어하는 이유의 절반은 아영이 책임이야, 라고 여전히 그치지 않고 말을 하는데, 아영이가 눈을 동그랗게 뜨고는 자기 이마를 내 이마에 살짝 콩, 하고 갖다 대었다.

아영이와 나, 둘은 피식 웃었다. 그래도 못내 걱정되어, 앞으로는 그러면 안 돼!, 또 한 소리를 늘어놓았다. 실수와 의도를 구분 못하는 아영이를 이 세상 사람들이 모두 넓은 마음으로 이해해 주지는 않을 테니까. 결국 헤쳐 나가야 하는 이는 당사자인 아영이니까.

가방을 둘러 멘 아영이 손을 잡고 화장실을 나와 계단을 한 칸 한 칸 내려가며, 언젠가 함께 차를 마셨던 동료를 떠올렸다.

"박 선생님, 왜 장애인이 태어날까요?"

아영이네반 아이들이 '장애인 화장실은 이쪽인데요.' 라고 말했던 그 날이었다. 앉아 있던 소파보다도 더 푹 꺼질 듯한 한숨을 안으로 삼킨 채 말을 던졌었다.

박 선생님은 아영이와 동갑인 아홉 살짜리 지적 장애인을 돌보는 사람이었다. 나도 본 적 있는 아이였다. 지적 장애와, 자폐라고도 불리는 발달 장애를 모두 가지고 있는 아이. 머리의 통제력은 거의 없고 신체적 힘과 고집만 엄청 센 아이였다. 박 선생님이 옆에 잠시 놓아 둔 휴대폰을 갖겠다며 떼를 쓰다가, 뜻대로 되지 않자 땅바닥에 벌러덩 드러누운 적이 있었다. 자기 뜻대로 안 되면 늘 그런 식으로 자기 뜻을 관철시키려 했다. 그때 함께 있던 나도 그 아이를 일어나도록 하려다 아이의 손

톱에 손가락이 긁혀 오랫동안 고생했었다.

"누가 그러는데, 원래 인간의 영혼은 맑고 밝고 환하대요. 태양별처럼."

원래 밝은 인간의 영혼이 오랜 세월 윤회를 거듭하고 시절 인연에 따른 육신이 집착과 욕망에 휩쓸리면서 그만 그 영혼 주변에 때가 끼기 시작했다던, 그 탁한 때가 영혼을 가두기 시작했다던 동료의 말이 기억 속에서 들려왔다. 비록 현생의 부모로부터 생김새와 성격을 물려받는다 해도 전생에 쌓은 자신의 과보 또한 같이 갖고 태어난다던 그 말들이.

"생각해 봐. 한 태아가 엄마 뱃속에서 형성될 때 강한 집착을 가진 만큼 움켜쥐려 할 테고, 그러는 만큼 팔 힘이 강해지면서 다리 힘이 약해지는 거지."

그럼 아영이도 수정씨도 다리가 약한 것이 신체가 불편한 근본 원인이 아닐 지도 모르겠다는 짐작이 맞았던가. 다리보다는 팔이 문제였고, 팔이라기보다는 오랜 시간 쌓인 집착하는 마음이 문제였던 게다. 동료의 말에 따르면.

그런데 그때는 너무 터무니없다는 생각이 들어, 지적 장애인들이 머리의 인지 능력은 약하면서도 팔, 다리를 포함한 신체의 힘이 센 것은 어떻게 설명하겠느냐고 비아냥거리듯 따져 물었었다.

"글쎄, 분명 윤회를 통해 자기 업보가 나타난 것일 테지. 숱한 전생을 거치며 자기 힘으로 노력하거나 이해하지는 않고 얕은 꾀를 써서 남의 지식을 쉽게 이용하다 그렇게 된 것은 아닐까? 자기 머리를 쓸모없는 것으로 만들어 버린 셈이지."

몸을 쓰지 않으면 몸이 퇴화하고, 머리를 정직하게 쓰지 않으면 머리가 퇴화하고, 진실로 착하게 살지 않으면 선한 본성이 퇴화하는 것이 이 세상 이치이니, 그렇게 생각하는 게 당연하지 않겠어, 라던 동료의 말은 상당히 일리가 있었다.

그 부분을 기점으로 나는 제법 고분고분하게 동료를 대하기 시작했다.

동료는 내가 오기 전까지 읽고 있었다던 종이 한 장을 꺼냈다.

"우리 중학생 아들이 학교에서 글쓰기 상을 받았어. 논술 학원에 일년 정도 보냈더니, 실력이 좀 늘었네. 아들 글을 읽으며 장애에 대해서도 좀 생각해 봤어. 과연 우리가 일반적으로 생각하는 장애인만이 정말 장애인인가 하고 말야."

좀 인상적인 부분이 있었다고 했다.

"재미있는 부분만 골라 읽을게."

'요즘 외국에선 과학 기술로 현재 생명을 영원히 유지할 수 있는 방법을 추구하는 일단의 과학자들이 있다. 그들의 말에 따르면 인간의 노화를 촉진하는 것은 유전자 속에 있는 텔로미어 때문이다. 그 텔로미어가 지나치게 짧아지면 노화가 시작되는데, 화성으로 출발하는 우주비행사들을 위해 그 텔로미어의 길이를 짧아지지 않게 하는 효소를 투입한다고 한다. 이 외에 인공지능과 인공신체를 이용하여 영생을 추구하는 방법이 있다. 사람이 죽기 전에 그 사람의 과거 기억 속 생각과 정신작용 방식까지 인공지능에 옮기고 컴퓨터 칩 같은 인공지능을 인공신체에 연결하면 영생을 할 수 있다고 한다.'

가만히 듣고 있던 나는 좀 이상하다는 생각이 들었다.

"텔로미언지 뭔지는 마음에 들진 않지만 그래도 납득은 가는데, 그 인공지능은 좀 말이 안 되지 않나요? 이미 실제 몸은 죽었을 것 아니에요. 그럼 그 후손들은 죽은 사람 제삿날에 무덤으로 갈까요? 아니면 인공신체 만나러 갈까요?"

동료는 빙그레 웃으며, 일단 들어보란다.

'이들의 논리적 근거는 인간의 기억에 있다. 인간이 어릴 때의 자신과 현재의 자신이 같은 사람이라고 인식하는 것은 바로 자신에 대한 동일한 기억력과 기억하는 방식에 있다는 것이다. 그래서 그 동일한 기억을 갖고 있으면 같은 인물이라는 주장을 펼친다.'

"참, 재미있지 않아? 그럼 그 인공지능을 달고 있는 인공신체의 별은 어디 있을까? 모든 인간에게는 그에 대응하는 영혼의 별이 하나씩 있다고 하잖아."

"좀 그렇네요. 게다가 아까 하신 선생님 말씀을 생각해 보면, 인간은 현생을 잘 살고 잘 끝내야만 영혼을 맑고 밝게 만들 텐데. 그래야 좀 더 나은 다음 생을 기약할 텐데. 진보는 하지 않고 지금 생을 영원히 집착하며 붙드는 그들은 어쩌면 도로아미타불 인생을 사는 거 아니에요? 말짱 도루묵인 거죠."

"결론을 재미있게 냈어. 마저 들어 봐."

'영생을 추구하는 과학자들의 생각 저변에는 물론 가치 있는 삶을 지향하려는 의도도 분명 있을 것이다. 하지만 그에 따른 부작용도 만만치 않을 것이다. 무엇보다 인간이 영원히 살 수 있게 된다면 삶의 가치에 대해 무감각해질 것이다. 게다가 영원한 생명이라는 과학 기술은 생명에 대한 집착이 강한 인간들의 요구에 부응하며 상품화가 될 것이다. 실제 과학자들 중에서도 그런 인간의 욕심을 겨냥한 장사 속을 가진 이들이 있을 것이다. 생명이란 것이 상품화될 수 있다는 것도 인간의 존재적 존엄성을 해치는 것이지만, 결국 생명에 대한 집착이 강한 사람들이, 가진 돈을 다 써서라도 완성된 그 상품을 사려 하면서 사회적 문제가 커질 것이다. 점차 돈과 과학기술이 인간의 생명마저 지배함으로써 사회적 네트워크의 중심축이 되는……'

"목숨에 그렇게까지 집착하다 보면, 자기 입에 공양되는 음식만도 못한 삶이 되는 거 아니에요?"

왠지 모를 불쾌감 때문에 화가 나서 툭, 말을 뱉어버렸다.

"정말, 영원한 생명을 추구하는 건지, 목숨을 구걸하는 건지 모르겠네."

동료는 더 이상 읽기를 멈췄고, 우린 잠시 아무 말 없이 찻잔만 바라보다 헤어졌다. 몇 발자국 걷다가 뒤돌아서서 동료를 불렀다.

"장애인은 착하지요?"

동료는 아무 말 없이 미소만 지은 채 제 갈 길을 갔다.

그 얼마 전에 수정씨 일을 그만두고 나서, 수정씨를 나름 이해는 하나

화가 나는 것은 어쩌지를 못해 친구에게 위로 받고자 전화를 한 적이 있었다. 장애인에 대해 어떻게 생각하느냐는 질문에 친구가 대뜸 이런 말을 했다.

"장애인들, 착하지 않니?"

그런데 왜 그 순간 화가 났을까.

'장애인들 주제에 착하게 행동해야지. 그러지 않고 배겨? 살려면 착해야지.'

창자가 꼬였는지, 심보가 꼬였는지 친구의 말이 내 안에서 심정적으로 꼬이는 것을 느끼고는, 황급히 적당한 말로 둘러대고는 전화를 끊었었다.

그때 들은, '장애인들, 착하지 않니?' 라는 말이 새삼스레 기억나 동료에게 질문을 던진 것이었다.

비장애인이라 분류된 사람들. 이들도 어쩌면 대부분 장애적 성향을 가지고 있는 지도 모르겠다는 생각이, 아영이 손을 잡고 학교 주차장 쪽으로 향하는 내내 들었다. 무언가에 대한 집착으로 마지막 벼랑 위에서 조차 버둥거리며 매달린다면, 그래서 집착하는 정도가 이미 악마적 속성을 갖는다면, 그리고 자기만의 편견에 빠져 산다면 말이다.

"엄마!"

아영이가 주차장에서 기다리는 엄마를 알아보고는 불렀다.

"재밌게 공부했어?"

"응."

가을 햇살 같은 미소가 아영이 얼굴에 가득 담겼다. 힘들었지만 그럭저럭 성실하게 하루를 살아냈고, 엄마가 무엇을 원하는지 알아 재밌게 공부했다고 답하는 아영이.

아영이와 수정씨를 포함하여 평생을 착하게 살아내야 할 현생의 장애별들이, 힘겹겠지만 그래도 잘 견뎌내기를. 그래서 조금은 삶이 나아지기를. 그리고 다음 생에선 좀 더 괜찮은 모습을 부여받기를. 풀릴 날씨를 기대하며 누군가의 나은 삶을 고대해 보았다.

불교문예 동인지 03

야단법석 3

©불교문예작가회, 2018, Printed in Seoul, Korea

초판 1쇄 인쇄 | 2018년 04월 25일
초판 1쇄 발행 | 2018년 05월 01일

지 은 이 | 불교문예작가회
펴 낸 이 | 문혜관
편 집 인 | 채 들
디 자 인 | 쏠트라인saltline
펴 낸 곳 | 불교문예출판부

등록번호 | 제312-2005-000016호(2005년 6월 27일)
주   소 | 03656 서울시 서대문구 가좌로 2길 50
전화번호 | 02) 308-9520, 010-2642-3900
전자우편 | bulmoonye@hanmail.net

ISBN : 978-89-97276-29-5 (03810)
값 : 13,000원

* 잘못된 책은 바꾸어 드립니다.
* 지은이와 협의하여 인지를 생략합니다.
* 이 책의 판권은 불교문예작가회와 불교문예출판부에 있습니다.
* 이 책은 서산 서광사에서 일부 지원받아 제작하였습니다.

이 도서의 국립중앙도서관 출판예정도서목록(CIP)은 서지정보유통지원시스템 홈
페이지(http://seoji.nl.go.kr)와 국가자료공동목록시스템(http://www.nl.go.
kr/kolisnet)에서 이용하실 수 있습니다. (CIP제어번호 : CIP2018012203)